文
景

Horizon

社科新知　文艺新潮

文景古典·名译插图本

阿里斯托芬喜剧集

罗念生　杨宪益　周作人——译

上海人民出版社

文景古典 · 名译插图本

阿里斯托芬喜剧集

阿卡奈人

罗念生——译

得墨忒耳、里托勒摩斯与珀耳塞福涅

浮雕，公元前 440—前 430 年

现藏于雅典国立考古博物馆

Carole Raddato 摄

猪

克尼多斯赤陶，约公元前 300 年

现藏于大英博物馆

Caeciliusinhorto 摄

卖猪

阿提卡红绘浅酒盏（kylix），公元前 500—前 475 年

现藏于宾夕法尼亚大学考古学与人类学博物馆

雅典和科林斯的代表在斯巴达国王阿喀达摩斯的宫廷

汉斯・舒弗莱因（Hans Schäufelein）作

木刻版画，1533 年

现藏于大都会艺术博物馆

布莱克希思私立学校学生上演《阿卡奈人》

作者不详

素描，1883 年

现藏于牛津大学希腊罗马戏剧表演档案中心（APGRD）

宾夕法尼亚大学学生在费城音乐学院上演《阿卡奈人》
剧照，1886 年
Eadweard Muybridge 摄

出处同左

出版说明

古希腊罗马文明是世界文明中一个辉煌且重要的阶段。古希腊罗马时期的经典作品具有很高的成就，堪称世界文明的一座高峰，也是后世人们不断回溯的西方经典源头。“文景古典·名译插图本”丛书收集、整理古希腊罗马经典作品，并增加相关插图，力图完整呈现古希腊罗马经典作品的基本面貌，以飨读者。

阿里斯托芬（Ἀριστοφάνης/Aristophanes，公元前 446—约公元前 385）是古希腊最著名的喜剧家、最伟大的现实主义诗人。他的喜剧主要属于政治讽刺为主的旧喜剧类型，晚期作品表现出向谈论文学、哲学及社会问题为主的中期喜剧过渡的特征。阿里斯托芬一共创作了四十多部喜剧，其中有十一部完整传世。本书收入《阿卡奈人》《骑士》《云》《马蜂》《鸟》《地母节妇女》《蛙》《财神》八部喜剧。

罗念生先生（1904—1990）是享有世界声誉的古希腊文学学者、翻译家，从事古希腊文学与文字翻译长达六十载，翻译出版的译文和专著达五十余种，堪称翻译了一座奥林匹斯山。本书中，《阿卡奈人》《骑士》《云》《马蜂》《地母节妇女》《蛙》等六部剧作为罗念生先生所译。其中，《蛙》原为罗念生先生节译第830—1533行，中间有删略，而后删节及未译出部分由罗念生先生的孙女罗彤女士补译。

杨宪益先生（1915—2009）是中国著名的翻译家、外国文学研究专家，从事翻译工作近五十年，主要致力于中文作品的英译，译作既包括《离骚》《红楼梦》等中国古典名著，也有鲁迅、巴金等现当代名家的作品，在国际上大获好评。同时，他也将一些西方经典翻译成中文，架起中西文学交流的桥梁。本书中，《鸟》为杨宪益先生所译。

周作人先生（1885—1967）是中国现代著名散文家、翻译家、文学理论家、评论家、诗人，一生著译传世约一千二百余万字，其中译作近六百万字，主要集中于希腊古典文学和日本古典文学两大领域。本书中，《财神》为周作人先生所译。

《阿卡奈人》《骑士》《云》《马蜂》《地母节妇女》《蛙》依据上海人民出版社 2016 年版《罗念生全集》中相应剧作整理而成。《鸟》依据上海人民出版社 2019 年版《鸟 · 凶宅 · 牧歌》中相应剧作整理而成。《财神》依据上海人民出版社 2019 年版《周作人译文全集 · 第三卷》中相应剧作整理而成。上述底本中附有罗念生先生所写、所译的相关资料，分别根据 1954 年人民文学出版社初版的《阿里斯托芬喜剧集》、1938 年商务印书馆（上海）初版的《云》，以及 1981 年湖南人民出版社初版的《阿里斯托芬喜剧二种》后附资料拆分整理而成。这些资料有助于读者深入理解阿里斯托芬及其剧作，本书也一并附后。各部剧作所依据希腊文底本、校勘本的版本，参见各剧作前的说明。

书中一些专名与词汇，因译者年代、用语习惯不同，不尽一致，本书根据较为通行的译法做了适当统一，以便于当今读者阅读。

目　录

阿卡奈人

一　开场　/7

二　进场　/19

三　第一场（斗争）　/23

四　第二场（对驳的准备）　/28

五　第三场（对驳）　/35

六　插曲　/43

七　第四场　/49

八　第一合唱歌　/57

九　第五场　/59

十　第二合唱歌　/66

十一　第六场　/68

十二　第三合唱歌　/77

十三　退场　/79

注　释　/83

附录　1954 年版《阿里斯托芬喜剧集》材料

译者序　/111

阿卡奈人

根据罗泽斯（B. B. Rogers）编订的《阿里斯托芬的喜剧》（*The Comedies of Aristophanes*, George Bell and Sons, London, 1910）第一卷第一部喜剧《阿卡奈人》（“Acharneis”）希腊原文译出。

场　次

一　**开场**（原诗 1—203 行）

二　**进场**（原诗 204—279 行）

三　**第一场（斗争）**（原诗 280—357 行）

四　**第二场（对驳的准备）**（原诗 358—488 行）

五　**第三场（对驳）**（原诗 489—625 行）

六　**插曲**（原诗 626—718 行）

七　**第四场**（原诗 719—835 行）

八　**第一合唱歌**（原诗 836—859 行）

九　**第五场**（原诗 860—970 行）

十　**第二合唱歌**（原诗 971—999 行）

十一　**第六场**（原诗 1000—1142 行）

十二　**第三合唱歌**（原诗 1143—1173 行）

十三　**退场**（原诗 1174—1233 行）

人　物

（以上场先后为序）

狄开俄波利斯　阿提刻农人[1]

传令官

阿菲忒俄斯（Amphitheos）　雅典人

使节甲　自波斯归来的使节

使节乙　自波斯归来的使节

修达塔巴斯（Pseudartabas）　波斯贵族

太监二人

忒俄洛斯（Theoros）　自特剌刻（Thrace）归来的使节

兵士数人　俄多曼提亚（Odomantia）兵士

歌队　由二十四个阿卡奈人组成[2]

妇人　狄开俄波利斯的妻子

少女　狄开俄波利斯的女儿

仆人二人　狄开俄波利斯的仆人，其中之一名叫珊提阿斯（Xanthias，又译作“克桑西阿斯”）

刻菲索丰（Cephisophon）　欧里庇得斯的仆人

欧里庇得斯（Euripides）　雅典三大悲剧诗人之一

拉马科斯（Lamachos） 雅典军官

兵士数人 拉马科斯的部下

墨伽拉人[3]

女孩甲 墨伽拉人的女儿

女孩乙 墨伽拉人的女儿

告密人

玻俄提亚人[4]

吹笛手数人

仆人数人 玻俄提亚人的仆人，其中之一名叫伊墨尼阿斯（Ismenias）

尼卡科斯（Nicharchos） 告密人

仆人 拉马科斯的仆人

得刻忒斯（Dercetes） 阿提刻农人

伴郎

伴娘

报信人甲

报信人乙

吹笛女二人

布　景

雅典公民大会会场，背景里有三所屋子，中间一所是狄开俄波利斯的，左边一所是欧里庇得斯的，右边一所是拉马科斯的。这三所屋子并不在同一个地点，它们代表三个不同的背景

时　代

公元前 425 年

一　开场

狄开俄波利斯自中屋上。

狄开俄波利斯　当今多少事伤了我的心！快意事少得很，少得厉害，只有三四件；痛心事可真像海滩上的沙子数不清！让我想想看，有什么令我痛快的，值得我高兴的？嗨，我想起有一样东西我一看见就开心，那就是克勒翁吐出来的五个金元宝！这事情可叫我乐了，为此我真爱那些骑士——“无愧于希腊”！[5] 8

但是，我又遭受到一次“悲剧的”痛苦，那一天我正在张着嘴一心等着看埃斯库罗斯的戏呢，想不到司仪人忽然宣告说：“忒俄格尼斯，把你的歌队引进来！”[6] 你可以想见这一下把我的心都凉了大半截！好在另外一件事倒也叫我开心，那就是摩斯科斯滚下场后，得西忒俄斯进来唱他的玻俄提亚歌曲。[7]今年可受罪啊，开里斯偏偏扭出来吹他的战歌怪调，害得我直摇头，差点
16 儿扭断了脖子。[8]

这还罢了，自从我破题儿第一遭洗脸以来，从没有像今天这样伤了我的——汗毛！[9]说正经话：我们定好了今天开公民朝会，而且早已经到时候了，这个会场却还是空空如也。[10]大家还在市场里谈天，蹓来蹓去，躲避那条涂着赭石粉的赶人索。[11]连那些主席官都还没有到呢！等他们姗姗来迟的时候，你可难于想像他们会怎样一拥而下，乱撞一起，抢坐前排的凳子！[12]至
27 于讲和一事，他们却全然不理会。城邦呀城邦！

我可总是头一个到场，就像这样子坐了这个位子；一个人坐好了以后，只好自个儿叹叹气、放放屁、打打哈欠、伸伸懒腰、转过来、转过去、画画符、拔拔鼻毛、算算数目、想望着田园、想望着和平。我厌恶这种城市，思念我的乡村，那儿从来也不叫：“买木炭啊！”“买醋啊！”“买油啊！”从来不懂得这个“买”字，什么都出产，应有尽有，就没有这种“‘妈’呀”“‘妈’

呀”的怪叫。

因此我这次完全准备好，要来吵闹、来打岔、来痛骂那些讲话的人，如果他们只谈别的，不谈和平。

但是我们的主席官，这些原来倒是赶中午的主席官，终于到了！我不是说过吗？你看，大家都一窝蜂挤到前排的座位去。

传令官自观众右方上。[13]

传令官 向前、向前，进到清净界里来！[14]

阿菲忒俄斯自观众右方急上。

阿菲忒俄斯 已经有人讲过话没有？

传令官 有谁要讲话？[15]

阿菲忒俄斯 我。

传令官 你是谁？

阿菲忒俄斯 阿菲忒俄斯。

传令官 你不是凡人吧？[16]

阿菲忒俄斯 不是，是一位不死的神：因为我的曾祖父阿菲忒俄斯是得墨忒耳和里托勒摩斯之子，他生了刻勒俄斯；刻勒俄斯娶我的祖母淮娜瑞忒，生了吕喀诺斯；我是吕喀诺斯所生，所以是一位不死的神。[17]神们托付

我独自去同斯巴达人议和。但是，诸位啊，我虽是一位
54 神，却缺少盘缠，因为这些主席官不肯发给我。

传令官　弓手们！

阿菲忒俄斯　里托勒摩斯和刻勒俄斯啊，你们竟不来救救吗?

狄开俄波利斯　你们这些主席啊，你们把这个人拖出去就是污辱了公民大会，他倒无非想为我们议和约，息干戈呀。

阿菲忒俄斯被迫退出，自观众右方下。

传令官　坐下去，闭住你的嘴！

狄开俄波利斯　凭阿波罗起誓，[18]我才不呢，除非是你们
60 提出有关和平的动议。

传令官　从大王那儿回来的两位使节到了！

狄开俄波利斯　什么大王呀？我讨厌死了那些使节和他们的孔雀以及他们的江湖骗术。[19]

传令官　住嘴！

使节甲和使节乙穿着波斯的华丽服装自观众右方上。

64 **狄开俄波利斯**　哦唷！波斯城！[20]好漂亮的衣服！

使节甲　正当欧堤墨涅斯执政之年，你们遣派我们到大王那儿去，薪俸每天两块钱。[21]

72 **狄开俄波利斯**　哎呀，可惜那些钱啊！

使节甲 我们真累啊，睡帐篷，软绵绵地躺在帘篷车里漫游过卡宇特洛斯平原，可闷死人啦！[22]

狄开俄波利斯 我难道很安乐吗，靠着城墙卧草堆！

使节甲 我们受够了款待，非得硬着头皮，拿起金盅儿、水晶杯儿，喝他们香死人、甜死人的醇酒。

狄开俄波利斯 我们这古城啊，[23]你注意到这两个使节在开玩笑没有？

使节甲 因为那些蛮子认为只有最能吃、最能喝的才算得上英雄好汉。 78

狄开俄波利斯 而我们却认为只有嫖客和色鬼才算得上呢。

使节甲 直到第四年我们才到达王宫，可是大王已经带着他的大军出宫去了，他出宫到金山里八个月之久。[24]

狄开俄波利斯 他“出恭”了什么时候才把裤子系好呢？

使节甲 月圆时节，他回家了。然后他设宴款待，在我们面前摆出一整条一整条的吊炉烤牛。

狄开俄波利斯 有谁看见过吊炉烤牛？你骗人！

使节甲 凭宙斯起誓，他还在我们面前摆出一只鸟儿，有克勒俄倪摩斯三个大，名字叫作凤—凰。[25] 89

狄开俄波利斯 不装“疯”就说“谎”，白白骗去了我们两块钱！

使节甲　我们现在带来了修达塔巴斯，他叫作“大王的眼睛”。[26]

狄开俄波利斯　但愿一只乌鸦啄掉了你这个使节的眼睛！

传令官　“大王的眼睛”来了！

修达塔巴斯偕二太监自观众右方上。

狄开俄波利斯　赫剌克勒斯，我的主啊！[27]（向修达塔巴斯）你这人真像一只战舰！你在绕过海角寻找船坞吗？

97 你的眼睛底下塞得有皮子吗？[28]

使节甲　来，修达塔巴斯，把大王派你来传达的话告诉这些雅典人。

修达塔巴斯　看、阿达曼、厄克萨耳克、萨那庇忠奈、

100 萨长。[29]

使节甲　你们懂得他说什么吗？

狄开俄波利斯　天晓得，我可不懂。

使节甲　他说大王要送金子给你们呢。（向修达塔巴斯）你把金子的事情说清楚些，大声一点。

104 **修达塔巴斯**　没勒普西、金、大普洛克特、爱奥尼。[30]

狄开俄波利斯　哎呀，倒霉，很清楚啦！

使节甲　他到底说什么呢？

狄开俄波利斯　说什么吗？他说伊俄尼亚人如果盼望外国人的金子，就是大傻瓜。

使节甲　不，他是说起一斗斗的金子呢。 108

狄开俄波利斯　什么一斗斗的？你原是一个大骗子！滚你的！让我单独盘问他。（向修达塔巴斯）来，当着这个（伸出拳头）明白告诉我！要不然，我会把你浸在萨耳得斯的红颜色水里！[31]大王要送金子给我们吗？

修达塔巴斯和二太监摇头。

那么，这两个使节在欺骗我们吗？ 114

修达塔巴斯和二太监点头。

这些家伙摇头点头都是道地希腊式，他们不是本地人才怪！呵，这两个太监有一个我看出是西彼提俄斯之子克勒忒涅斯！[32]（向一太监）你这个一向把你这张赤光屁股剃得干干净净的家伙啊，[33]你竟自带上了胡须，你这个猴子，[34]伪装太监来骗我们吗？可是那一个又是谁呢？难道不是斯特剌同吗？[35] 122

传令官　住嘴！坐下来！

议院邀请“大王的眼睛”到主席厅赴宴！[36]

修达塔巴斯、二太监和二使节自观众右方下。

狄开俄波利斯　这不是要气得人上吊吗？厅门大开接待这些鬼东西，厅门外我却要应征入伍。好，我定要做一件惊人的大事！阿菲忒俄斯在哪里？

阿菲忒俄斯自观众右方上。

129 **阿菲忒俄斯**　我在这里。

狄开俄波利斯　你拿着这八块钱，为我、为我的老婆、为我的小儿女，去同斯巴达人订下和约。

（向主席官和公民群众）至于你们，尽管遣派使

132 节，尽管傻张着你们的嘴吧！

阿菲忒俄斯自观众左方下。

传令官　从西塔尔刻斯王廷上出使回来的忒俄洛斯，请进来！[37]

忒俄洛斯自观众右方上。

忒俄洛斯　我来了！

狄开俄波利斯　又来一个骗子！

忒俄洛斯　我们本来不会在特剌刻呆这么久——

137 **狄开俄波利斯**　你当然不会，如果你没有支那么多薪俸。

忒俄洛斯　如果雪没有封住整个的特剌刻，冻住河流——那

正是忒俄格尼斯拿出戏来在这儿参加比赛的时节。[38]当时我正同西塔尔刻斯天天在喝酒联欢。他对你们真是倾倒之至，忠诚之极，他甚至在墙上都写了“我的美丽的雅典人！”[39]他那个儿子，——我们新近才接受他作雅典公民的，——想吃阿帕图里亚节日的香肠，请求他的父亲帮助他这个祖国。[40]于是国王奠酒为盟，要遣派这样大一支军队前来助战，定叫雅典人不由不纳罕说：来了好大一群遮天蔽日的蝗虫啊！

狄开俄波利斯　除了蝗虫而外，[41]如果我相信了你一个字，天让我不得好死吧！

忒俄洛斯　他已经给你们派来了特剌刻英勇善战的子弟兵。

狄开俄波利斯　我们就要看明白了。

传令官　你们这些特剌刻人，忒俄洛斯带来的，请到这儿来！

兵士数人自观众右方上。

狄开俄波利斯　这是些什么叫我们遭殃的东西？

忒俄洛斯　这是一支俄多曼提亚军队。[42]

狄开俄波利斯　什么俄多曼提亚？告诉我，这是什么意思？哪一些俄多曼提亚人把阳物割了下来啦？[43]

忒俄洛斯　只要一天给他们两块钱报酬，他们这些轻盾兵就

160 会蹂躏整个的玻俄提亚。[44]

狄开俄波利斯　给那些纵淫的家伙两块钱！气死你们头等桨手，[45]我们城邦的保卫人！哎呀，我完了！这些俄多曼提亚人抢了我的大蒜！快把这些大蒜给我放下！

166 **忒俄洛斯**　你这个倒霉鬼，快不要冒犯这些吃足了大蒜的！[46]

狄开俄波利斯　你们这些主席官竟让这些外国人在我祖国内这样对待我吗？我反对讨论给特剌刻人什么报酬。我告诉你们，天有预兆，[47]已经有一颗雨点打在我身上了！

173 **传令官**　特剌刻人可以退出去，后天再来。主席官宣布散会。

传令官、忒俄洛斯和俄多曼提亚兵士自观众右方下。

狄开俄波利斯　唉，我损失了一样多么好的凉拌菜啊！[48]好在阿菲忒俄斯从斯巴达回来了！欢迎呀，阿菲忒俄斯！

阿菲忒俄斯自观众左方上。

阿菲忒俄斯　别忙，等我跑完再说，因为我得赶快逃，逃避

177 那些阿卡奈人。

狄开俄波利斯　怎么一回事？

阿菲忒俄斯　我正带着和约赶到这儿来，偏给一些阿卡奈老顽固闻出了气息，——他们是马拉松的老战士、顽强货、

硬炭一样的老家伙、橡树那样结实、枫树那样壮！[49]他们全直嚷着："你这个大坏蛋，人家才割掉了我们的葡萄藤呢，你倒竟自带来了和约？"[50]他们捡起石子来，用衣服兜起了。好在我逃跑了，他们可还在追追嚷嚷呢。

狄开俄波利斯 随他们嚷吧。你可把和约带来了吗？

阿菲忒俄斯 带来了，这儿是三皮囊尝味的样品。[51]这是五年和约，你拿去尝尝吧。

狄开俄波利斯 呸！

阿菲忒俄斯 怎么啦？

狄开俄波利斯 我不喜欢这一囊，因为它有松香和海军军备的味儿。[52]

阿菲忒俄斯 那你就把这囊十年和约拿去尝尝吧。

狄开俄波利斯 这一囊有遣派使节前往各城邦的味儿，冲得很，好像怪那些盟邦不抓紧备战呢。

阿菲忒俄斯 这一囊是三十年陆海和约。

狄开俄波利斯 啊！酒神有灵！这一囊有神膏和仙酒的味儿，并不命令我们说："各自准备三天的行军口粮！"[53]好像说："你想到哪里就到哪里去。"我接受这一囊，我要奠酒，我要干杯，把那些阿卡奈老顽固抛到九霄云外去。

我避免了战争和苦难，就要回去庆祝乡村酒神节了。[54]

狄开俄波利斯进入中屋。

203 **阿菲忒俄斯** 我可得要逃避那些阿卡奈人。

阿菲忒俄斯自观众右方急下。

二　进场

歌队自观众左方进场。

歌队　大家朝这儿来，朝这儿追，向所有的过客打听他！功
在城邦，大家出力，快去捉住他。（向观众）请你们告
诉我，知道不知道那个携带和约的家伙逃到哪里去了。 207

（首节）[55]他逃掉了，跑掉了！可惜我上了年纪
啦！我年轻时候，背着一筐木炭，还紧跟着法宇罗斯，
跟他赛跑呢。[56]要是在当年，我来追赶这个坏蛋，尽
管他赛过飞毛腿，也决不叫他轻易逃掉！（首节完） 218

如今只可惜我的胫骨节已经僵硬了，拉克剌忒得斯老腿已经酸软了，竟让他跑掉了。[57]我们定要去追赶，别让他目中无人，自夸逃得了我们这些阿卡奈老年人！

（次节）宙斯啊，天上的众神啊，他是什么东西，胆敢同我们的敌人议和！明知我，为了我的田庄，定要同他们进行大战！我决不罢手，直到我像一根小芦桩，又尖又锋利，直刺进他们的肉里，叫他们不敢再践踏我
233 的葡萄藤。（次节完）

我们一定去把这家伙找出来：搜遍巴勒涅，躲到天涯海角也把你找出来，决不罢了你；我们带了石头来，
236 一定要痛痛快快砸了你！[58]

狄开俄波利斯 （自内）肃静，肃静！[59]

歌队 大家别作声！朋友们，你们听见肃静令没有？这就是我们要寻找的那个人。大家上这儿来，让开路，因为这
240 家伙好像就要出来献祭呢。

狄开俄波利斯偕一妇人、一少女和二仆人自中屋上。

狄开俄波利斯 肃静，肃静！让顶篮子的走前来，让珊提阿斯把法罗斯竿举直起来。[60]

妇人 女儿，把篮子放下来，我们好开始献祭啦。

246 **少女** 母亲，把汤勺递过来，我好把豆羹浇在薄饼上。

狄开俄波利斯 很好。狄俄倪索斯，我的主啊，让我有幸带我一家人前来献祭，行礼如仪，顺利地庆祝这个乡下的

酒神节。我已经避免了兵役，但愿我这个三十年和约开花结果。 252

妇人 喂，好孩子，袅袅婷婷地顶着篮子，做出一副端端正正的样子来！谁娶了你，谁就有福，谁就会生出一些小貂鼠，一到天亮时候，她们就会和你一样的放臭屁。向前，在人堆里要特别当心，别叫人家扒走了你的金首饰。 258

狄开俄波利斯 珊提阿斯，你们俩得把法罗斯竿举直，跟着顶篮女，我会跟在后面，唱一只法罗斯歌；至于你，我的老婆，你可以上屋顶去观看。前进！ 262

妇人进入中屋，再由屋顶上出现。

（法罗斯歌）法勒斯啊，[61]你这个酒神的伴侣、夜游的宴乐神、爱慕妇人与少年人的神啊，好容易挨过了六个年头，我才高高兴兴回到家里来，向你致敬，因为我已经为我自己议下了和约，躲避了那些祸患、战争和拉马科斯之流。 270

法勒斯啊法勒斯，比起来，还是这样妙得多：让我埋伏在山里，等候斯律摩多洛斯的丫头，[62]那个熟透了的特剌刻打柴女孩子，捉住她偷树桠，搂住她的腰，把她举起来，按下去，压了她的葡萄！法勒斯啊法勒斯！

如果你同我们闹过酒，酒后头晕，你可以大清早上
279 喝一碗和平汤。我要在炉灶的火光熊熊里挂起了盾牌。

歌队用石子打击狄开俄波利斯，少女和二仆人逃进中屋、妇人自屋顶上退下。

三　第一场（斗争）

歌队　这就是，这就是他！扔呀，扔呀，扔呀，扔！大家来打这个可恶的东西！你不扔呀你不扔？[63] 283

狄开俄波利斯　（首节）赫剌克勒斯呀！这是干什么的？你们会打碎我的土钵呢！[64]

歌队　我们要砸碎你自己，你这个可恶的东西！

狄开俄波利斯　你们这些阿卡奈长老啊，为什么缘故呢？

歌队　你还要问？你这个祖国的叛徒啊，你原是一个无耻的、可恨的家伙，没有我们，你就议下了和约，你还有脸来见我！ 291

狄开俄波利斯　可是你们不知道我为什么议下了和约，听我说！

歌队 还听你说？就叫你死！我们就用乱石头收拾了你！

狄开俄波利斯 且慢，你们总该先听我说几句话；好朋友，你们先忍耐忍耐吧！

歌队 忍无可忍了！你也不必向我说半句话，因为我恨你，比我恨克勒翁还要入骨，就说克勒翁吧，我也已经恨不
301 得剥下他的皮来给那些骑士做靴底子呢！（首节完）

歌队长 你和斯巴达人议下了和约，还要我听你说一大串话
304 吗！我要惩罚你！

狄开俄波利斯 好朋友，且不谈斯巴达人，先听听我的和约，看到底我议和议得对不对。

歌队长 还说“对”！你竟自同那些不顾祭坛、不顾信义、不顾誓言的人议下了和约！

狄开俄波利斯 就我所知，我们遭殃，不能全怪这些动了我
310 们公愤的斯巴达人。

歌队长 不能全怪他们？你这个坏东西！你敢公然当着我们这样说？还以为我会饶了你？

狄开俄波利斯 不能全怪，不能全怪他们；我可以说出充分理由来，证明在许多方面，他们倒是得怪我们呢。

歌队长 真是骇人听闻，你胆敢替我们的敌人辩护！

狄开俄波利斯　我甘愿把我的颈脖子伸在一张案板上对大家说话，保证我的话公平合理，令人相信。

歌队长　乡邻们，告诉我，我们为什么吝惜这些石头，不把这个硬家伙砸成红布片儿？[65]

狄开俄波利斯　好一炉血红的热炭烧得你心里直冒火花啊！你们这些阿卡奈人啊，你们不听吗，果然不听吗？

歌队长　我们就是不听！

狄开俄波利斯　那我可太冤枉了！

歌队长　我听，就该我死！

狄开俄波利斯　谁也不该啊，阿卡奈人！

歌队长　你该相信你现在就活不成！

狄开俄波利斯　好，我也就叫你们痛快不成：我要反过来杀死你们最亲爱的朋友，既然我得到了你们的人质，我就要把他们拿出来杀掉！

狄开俄波利斯冲进中屋。

歌队长　乡邻们，告诉我，他是拿什么来威胁我们呀？是不是他把我们哪一位在场人的孩子关在那里面了？要不然，他怎敢这么大胆呢？

狄开俄波利斯自中屋内提着一把短剑和一筐木炭上。

狄开俄波利斯　你们想扔就扔吧！我也会找这个出气。我倒要看你们里头可有人舍不得木炭！[66]

歌队长　哎呀，不得了！这筐子真是我们的乡邻！住手，住
334 手，千万住手！

狄开俄波利斯　（次节）我要杀掉他，你们尽管嚷吧，我可什么也不听！

歌队　你真要杀害我的伴侣，杀害木炭客的朋友吗？

狄开俄波利斯　刚才我说话，谁叫你们不肯听呢？

歌队　可是现在，只要你想说，你尽管说你多么喜爱斯巴达
340 人也可以，我决不背弃这个亲爱的小炭筐。

狄开俄波利斯　那么，先把石头丢在地下。

歌队　得，这些石头都在地下了，你也把剑插回去！

狄开俄波利斯　只怕还有石头藏在你们的衣兜里呢。

歌队　都抖在地下了。你没有看见我们抖吗？不要再推托吧，把剑插回去！我们扭过来，扭过去，把衣服全抖开
346 了。（次节完）

狄开俄波利斯　谁叫你们偏要兜起石头，"抖"出这场乱子，差点儿害得这些帕耳涅斯木炭把老命都丢了！可怜这炭筐吓得就像墨鱼一样喷了我一身炭灰。[67]真莫名其妙，

心比石头硬，偏要扔石头，偏要乱叫乱嚷，偏不肯听近情近理的公平话，哪怕我甘愿把脖子伸在案板上对大家说话；可是，也罢，我还是爱惜我的生命。 357

四　第二场（对驳的准备）

歌队　（首节）那么，你这个坏东西，为什么还不把案板搬到外面来，发你的高论呢？我倒很想知道你有什么好说。现在就照你自己提议的做法，快把案板放在这儿，开始讲吧。（首节完）

狄开俄波利斯进中屋去把案板搬出来。

狄开俄波利斯　大家看，案板在此，别看说话人何等渺小，宙斯在上，我并不用盾牌来掩护，我要为斯巴达人说出我要说的良心话。可是我有理由害怕，我很知道这些乡下人的脾气，他们就喜欢江湖骗子称赞他们和他们的城邦，不管对不对，全不知道自己上了当，叫人家出卖了；[68]我还知道这些年老的陪审员的心情，他们除了想吃陪审费而外，什么都不顾；[69]我也没有忘记去年我那出喜剧叫我本人在克勒翁手里吃过什么苦头：[70]他把我拖到议院去，诬告我、胡说八道、嘴里乱翻泡，滔滔不绝、骂得我一身脏，几乎害死了我！因此，这回在我讲话以前，先让我好好穿上一套，扮出一副最可怜的样子吧。[71] 384

歌队 （次节）为什么这样躲躲闪闪，耍乖巧，想花样拖延时间？你就去向希厄洛倪摩斯借他那顶毛蓬蓬的黑色隐身帽来，就去打开西绪福斯的锦囊，施展他的奸谋诡计，我也不管，反正这一场审问你可推卸不了。[72]（次 392
节完）

狄开俄波利斯 现在我得显一显胆气了，我去找欧里庇得斯。

敲左屋的门。

孩子，孩子！

刻菲索丰自左屋上。

刻菲索丰 谁呀？

狄开俄波利斯 欧里庇得斯在家不在家？

刻菲索丰 他在家也不在家。[73]

狄开俄波利斯 怎么？他在家也不在家？ 396

刻非索丰　正是呀，你老人家。他的心思不在家，到外面采诗去了；他本人在家，高高地跷起两腿儿写他的悲剧呢。

狄开俄波利斯　三生有幸的欧里庇得斯，连他的仆人都是这样的妙嘴儿！快把他叫出来！

刻非索丰　不行，不行。

狄开俄波利斯　不行也得行，我反正不走，我要敲门。欧里庇得斯，亲爱的欧里庇得斯！你不答理别人，也得答理

406 我；是我啊，是科勒代乡的狄开俄波利斯在叫你。[74]

欧里庇得斯　（自内应）我没有工夫！

狄开俄波利斯　但是你叫内景壁转一转就出来啦！[75]

欧里庇得斯　不行，不行。

狄开俄波利斯　不行也得行。

409 **欧里庇得斯**　那就转我出来吧；可是我没工夫下来。

景后一部分墙壁转开，欧里庇得斯出现。

狄开俄波利斯　欧里庇得斯！

欧里庇得斯　你叫唤什么呀？

狄开俄波利斯　你写作，大可以脚踏实地，却偏要两脚凌空！难怪你在戏里创造出那么些瘸子！你为什么穿了悲剧里的破衣衫，一副可怜相？难怪你创造出那么些叫化

子！欧里庇得斯，我凭你的膝头求你：[76]从你的旧戏里借一套破布烂衫给我，因为我得要向歌队讲一大套话呢；万一讲得不好，我就完了。 417

欧里庇得斯 什么样的破布烂衫？是不是用来扮演可怜老头儿俄纽斯的那一套？[77]

狄开俄波利斯 不是俄纽斯的，是一个更可怜的角色的。

欧里庇得斯 是不是瞎子福尼克斯的？[78]

狄开俄波利斯 不，不是福尼克斯的；另外有一个人比福尼克斯还要可怜呢。

欧里庇得斯 这家伙到底要什么样的破布烂衫呢？你是说叫化子菲罗克忒忒斯的那一套？[79]

狄开俄波利斯 不是，是要一个更是十足叫化子的角色的。 424

欧里庇得斯 你竟想要瘸子柏勒洛丰忒斯穿过的脏袍子？[80]

狄开俄波利斯 不是柏勒洛丰忒斯；我指的那个人又是瘸子，又是叫化子，而且是又会出语惊人，又会口若悬河！ 429

欧里庇得斯 啊，我知道，那是密西亚的忒勒福斯。

狄开俄波利斯 对了，是忒勒福斯。我求你把他的布片儿给我。

欧里庇得斯 孩子，你把忒勒福斯的破衣衫给他，那是放在堤厄斯忒斯的破衣服上面的，夹在他的和伊诺的中间。[81]

刻菲索丰 （向狄开俄波利斯）喂，拿去！

狄开俄波利斯把衣服打开，对着阳光看看。

狄开俄波利斯 宙斯啊，你这位到处都看得见，看得穿的神啊，[82]容许我穿成最可怜不过的样子吧！（套上破衣服）

欧里庇得斯，行好事行到底，你给了我这个，就请把配搭的行头也给了我吧：我是说那顶密西亚式的小毡帽。“我今天得扮一个乞丐；又要是我又要不像我”；[83]观众会认识我是谁，但是歌队会莫名其妙，呆在那儿，听凭我用一些巧言妙语捉弄他们。

欧里庇得斯 我就给你帽子。这鬼心眼想得个好主意！

狄开俄波利斯 愿你有福；“但愿忒勒福斯不倒霉”！[84]妙呀！我已经满嘴的巧言妙语了！[85]然而我还需要一根叫化棒。

欧里庇得斯 快拿着滚吧，滚出我的大石厅！[86]

狄开俄波利斯 （自语）我的灵魂啊，人家一下子就要把我赶出高门大厦去，不管我还需要多少件小行头！我要强求，我要固请，我要硬讨！

欧里庇得斯，请给我一个小提篮，叫灯火烧穿了的！ 452

欧里庇得斯 你要这样一个提篮作什么用呢？

狄开俄波利斯 没有什么用，可是我要拿到手。

欧里庇得斯 你只是找麻烦，滚开，滚出去！

狄开俄波利斯 唉！愿你有福，像你母亲一样有福！[87]

欧里庇得斯 给我滚吧！

狄开俄波利斯 只要再给我一件东西：一个小碗，碗边上打缺了的！ 459

欧里庇得斯 端着这个滚你的！你可知道你真烦死我了！

狄开俄波利斯 （旁白）啊，你可不知道你把悲剧糟蹋死了！[88]

但是，最亲爱的欧里庇得斯，只要再给我一件东西：一个小水瓶，用海绵当塞子的。 463

欧里庇得斯 你这家伙，这样那样的，你把我一整个悲剧都拿去了！快提着这个滚吧！

狄开俄波利斯 我就走。哎呀！我可还要一件东西，得不到手，我就完了。最亲爱的欧里庇得斯，听我说！我一拿到这东西就离开这儿，决不再回来。请给我一点干薄荷叶装在这个小提篮里！[89]

欧里庇得斯 你逼我上吊吗！拿去吧。我的剧本整个完蛋了！ 470

狄开俄波利斯　那我就走了，用不着再讨了，我太啰嗦了，“不知道人家厌恶我呢”！[90]

走了几步又退回来。

哎呀，倒霉，我完了！我竟忘记了一件东西，少了它，什么都只算白搭。我最可爱的，最亲密的小欧里庇得斯，除了这一件，如果我还要向你讨什么，我不得好死，就只一件了，就只一件了，请给我几根从你妈妈那儿要来的野萝卜吧！

479 **欧里庇得斯**　这家伙好无礼！（向仆人）关门！

欧里庇得斯退，墙壁还原。刻菲索丰进入左屋。

狄开俄波利斯　（自语）[91]我的灵魂啊，得不到野萝卜也得走啊。可知道你就要参加的舌战是一件多么严重的事情？你就要替斯巴达人讲话呢。我的灵魂啊，你就上前去吧！这就是起点！[92]你站住不动吗？你整个吞下了欧里庇得斯还壮不起胆？[93]好呀！前进吧，我这可怜的心！快到那儿去，把脑袋献在那上面，说出你要说的

488 话。勇敢些，走呀，前进呀！我赞美我的心！[94]

狄开俄波利斯把头靠在案板上。

五　第三场（对驳）

歌队　你要干什么呢？你要说什么呢？你胆大包天！你厚颜无耻！你居然要把你的颈脖子献给城邦，和我们大家作对、抬杠！这家伙居然一点也不害怕！来呀，既然你自己情愿，你就开口吧！ 496

狄开俄波利斯　诸位观众，请你们不要见怪，我这样一个叫化子，不揣冒昧，要当着雅典人在喜剧里谈论政事，要知道喜剧也懂得是非黑白啊。我要说的可能会骇人听闻，但却是真情实理。[95] 501

克勒翁现在再也不能够诬告我当着外邦人诽谤我们的城邦：因为这一次戏剧竞赛是在勒奈亚节里举行的，就只有我们自己在场，外邦人还没有前来，盟邦的贡物

和部队还没有到呢。我们是麦子，外邦人是壳子，现在
壳子是簸得干干净净的，至于外邦侨民，那又当别论，
508 他们虽不是公民，总得算面粉里带的麸子。[96]

我衷心痛恨斯巴达人，但愿海神，泰那农海角上的神明，叫大地震动，震倒他们的房舍，把他们全都压死：[97]谁叫他们把我的葡萄藤割了呢！可是，在场的既然都是朋友，我们不妨说一句知心话：我们这样受罪，为什么全怪斯巴达人呢？我们有些人，我并不是说城邦，——请你们千万记住，我并不是说城邦，[98]——而是说一些坏小子、假铜钱、没有公权的流氓、冒牌货、半外国人，他们经常告发人私卖了墨伽拉小外套，如果他们在哪里看见有葫芦，或是野兔，或是小猪，或是蒜头，或是大盐，就说这些都是墨伽拉走私货，拿去
充公拍卖了。[99]这不过是一些鸡毛蒜皮、地方习气，
523 不算什么。

糟糕的是：有一些年轻小伙子玩酒戏喝醉了，跑到墨伽拉去，抢来了那个名叫西迈塔的妓女。[100]想不到这一点鸡毛蒜皮，居然扫了墨伽拉人的面子，惹动了他们的大蒜劲儿，他们反而抢劫了阿斯帕西亚两个妓女。[101]

好，为了三个娼妇，战火就在全希腊烧起来了。我们的盖世英雄伯里克理斯勃然大怒、大发雷霆、大放闪电，震惊了全希腊；他拟出了一道命令：——读起来就像一首酒令歌，——“我们的领土内、我们的市场里、海上、陆上，一个墨伽拉人都不准停留！”[102] 534

这一下墨伽拉人渐渐挨饿了，他们便央求斯巴达人转圜设法取消这一道禁令，无非是那些娼妓惹出来的禁令。多少次斯巴达人要求我们，可是我们一次也不理。从此就干戈处处，大动刀兵了。也许有人会说他们不应该。可是他们应该怎样呢？喂，要是斯巴达人坐船来，告发人私卖违禁货，把一条塞里福斯小狗子拿去充公拍卖了，[103]难道你们会坐在家里不动吗？那才不会呢！不由分说，你们会叫三百只战舰立刻下水，全城轰动，到处只听见兵士的吵闹声、对战船供应人员的呼噪声；[104]军饷在发放，雅典娜的神像在涂金，[105]仓库里在乱哄哄，军粮在过斗；到处是套桨的皮圈、酒囊、瓶子、大蒜、橄榄、[106]一网袋一网袋的葱头；到处是花冠、[107]凤尾鱼、吹笛女和打青了的面孔；造船厂里圆木在刨成桨，楔子在拍进缝，桨柄在装上皮圈，只听见水手头目

的口令、箫声、笛声、哨子声。[108]你们一定会这样作的，“我们以为忒勒福斯不会这样作吗？那我们就太不
556 聪明了”。[109]

甲半队领队　你这个该死的东西，你这个可恶的东西，真的吗？你是个叫化子，你敢向我们这样说吗？就说我们这儿有告密人，你敢骂我们吗？

乙半队领队　是呀，凭海神起誓，他说的都是真的，他并没有说一句假话。

甲半队领队　就说是真的，这家伙配说吗？他这等无礼，该受惩罚！

甲半队领队冲向狄开俄波利斯。

乙半队领队　你冲到哪里去？快停下来！你要是打了他，我
565 立刻就把你举起来！[110]

甲乙两半队自己打起来，结果是甲半队打输了。

甲半队领队　眼光里闪电的拉马科斯啊，快来救我呀！盔顶上插大翎毛叫人一见丧胆的拉马科斯啊、我的朋友啊、我的族人啊，快出来救我呀！军官也好、大兵也好、攻城的也好、守城的也好，快来救我呀！我的腰叫人家抱
571 住了呀！[111]

拉马科斯全副武装偕二兵士自右屋上。

拉马科斯 哪里来的杀伐之声？哪里求我去增援？哪里求我去一显神威？哪一个惊动了我这张戈耳戈盾牌，叫它从匣子里直跳了起来？[112]

狄开俄波利斯 大英雄拉马科斯啊，你这些翎毛和队伍真吓死人！ 575

甲半队领队 拉马科斯，这家伙一直在诽谤我们的整个城邦！

拉马科斯 你是个叫化子，你敢胡闹吗？

狄开俄波利斯 大英雄拉马科斯啊，饶了我这个叫化子胡说 579
八道吧！

拉马科斯 你说了些什么啦？快告诉我！

狄开俄波利斯 我记不得了，一见你的刀呀枪呀，我就昏头昏脑了。我求你先挪开那个妖怪头。

拉马科斯 得！

拉马科斯把盾牌提开。

狄开俄波利斯 把它翻过去。

拉马科斯把盾牌翻转。

拉马科斯 伏在那儿了。

狄开俄波利斯 从你的盔顶上折一根翎毛给我。

拉马科斯 拿去吧，这一片小绒毛。

狄开俄波利斯 扶住我的头，我好吐一吐，你的翎毛真叫我
586 作呕。

拉马科斯 你这家伙，干什么呀？你竟用我的小绒毛助呕啦！

狄开俄波利斯 这是小绒毛吗？告诉我，是什么鸟的？是牛皮鸟大王的吗？[113]

拉马科斯 呸，我非宰了你不可！

两人扭打起来，结果是拉马科斯打输了。

狄开俄波利斯 得了，得了，拉马科斯！你只有这点劲儿，怎么干得了！如果你真有力气，为什么不把我阉割了？
592 你不是挺雄赳赳吗？

拉马科斯 你这个叫化子胆敢这样挖苦我这个军官？

狄开俄波利斯 我是个叫化子吗？

拉马科斯 那你是什么东西？

狄开俄波利斯把破衣服脱掉。

狄开俄波利斯 我是什么人？是一个好公民，向来不钻营官职。开战以来，我就一直是最肯卖命的人；而你呢，开
597 战以来，就一直是只拿官俸的人。

拉马科斯　是大家选举了我——

狄开俄波利斯　三只鹁鸪选举了你！[114]我一恶心便议下了和约，我实在看不惯多少白发老头儿排在队伍里，而你这样的一些年轻小伙子却躲掉了，有的，像提萨墨诺-淮尼波斯和帕努癸帕喀得斯之流，跑到特剌刻去了，每天支三块钱官俸；有的跟着卡瑞斯去了；有的，像革瑞托-忒俄多洛斯和狄俄墨阿拉宗之流，上了卡俄尼亚；还有的去了卡马里那，革拉和卡塔-革拉。[115] 606

拉马科斯　是大家推举了他们——

狄开俄波利斯　可是为什么缘故你们老是支官俸，而这些人（指着歌队）却一点也不支？马里拉得斯，[116]你的头已经白了，你当过使节没有？他摇摇头。他却是个稳当、勤勉的好人。德剌库罗斯、欧福里得斯或是普里尼得斯又怎样呢？[117]你们里头可有人看见过波斯都城或是卡俄尼亚没有？他们说没有。可是科绪拉的儿子和拉马科斯却看见过，他们两人前一向偿不清债务、付不清救济捐，[118]还弄得所有的朋友，就像夜里向街上倒脏水那样的向他们警告过："走开点！" 617

拉马科斯　民主政府呀，这是可以忍受的吗？

狄开俄波利斯　拉马科斯支了官俸，就得忍受啊！

拉马科斯　可是我要同所有的伯罗奔尼撒人永久打下去，[119]
我要尽最大的力量用海陆军从各方面去困扰他们！

拉马科斯偕二兵士进入右屋。

狄开俄波利斯　我却要向所有的伯罗奔尼撒人、墨伽拉人和
玻俄提亚人宣告，让他们同我做买卖，可不让拉马科斯。

狄开俄波利斯进入中屋。

六　插曲[120]

甲　短语

歌队长　这个人凭他的辩论获得了胜利，在议和这个问题上说服了人民。[121]现在让我们准备唱插曲吧。 627

乙　插曲正文

歌队长　自从我们的诗人演出他的喜剧以来，[122]他从没有在观众面前说过他自己多么高明。只因为他的仇人们在轻于下判断的雅典人中间诬蔑了他，说他讽刺我们的城邦，污辱我们的公民，他现在想要在善于改悔的雅典人面前有所辩白。他说你们应当多多酬谢他呢，因为多亏他规劝了你们不要上外邦人的当，[123]不要听阿谀的话，不要做受人摆布的傻瓜。从前，那些外邦的使节想诱骗你们，他们只要首先把你们的城邦称为头戴紫云冠的雅典，[124]这样一说，你们立刻就颠起屁股尖坐得笔挺了，因为你们喜欢戴这顶高帽子。如果有人恭维你们，说起“油亮亮的雅典城”，[125]他们单凭这“油亮亮”三个字就可以要什么是什么，只因为他们在你们的身上加上了用来赞美鳀鱼的形容词！我们的诗人这样一规劝，便给了你们许多益处，正如同你们多亏他指点出那些盟邦的人民是怎样受我们的“民主”统治的。[126]因此他们从那些城邦给你们带着贡物前来，想看看这位大诗人，胆敢对雅典人说真话的诗人。他这勇敢的声名已经远播到四方。有一天波斯国王接见斯巴达使节的时候，他首先问他们这两个城邦哪一个在海上称雄，其次就问起这个诗人到底在时常讽刺哪一个城邦；他说谁听取了他的劝诫，谁就会变得聪明强大，会在战争里必胜无疑。也就因此斯巴达人提出了和平建议，要求你们割让埃癸那；他们并不是在乎那个海岛，无非要夺去这个诗人。[127]可是你们决不可把他放弃，因为他会不断在喜剧里发扬真理，支持正义。他说他要给你们许多教训，把你们引上幸福之路：他并不拍马屁、献贿赂、行诈骗、要无赖，他并不天花乱坠害你们眼花缭乱，他是用最好的教训来教育你们。 658

丙　快调[128]

歌队长　不怕克勒翁对我要诡计，就让他翻出来千百套鬼把戏：我有公理和正义做我的战友；决不会学他样当场出丑——讲政治，原来是懦夫；论风月，明明是色鬼。 664

丁　短歌首节

甲半队　来吧，阿卡奈的诗歌之神，带足了火的威力，又强烈、又凶猛，来到我这儿，要来势像火花怒发，令人想起一盘小鱼儿正要下锅，有的人在调盐加醋，有的人把鱼儿泡泡浸浸，搅出了五光十色，火扇一扇，橡树木炭里哄地一阵跳出了火星。请你就这样爆发出来，教你的乡邻一齐唱出高亢激昂的、粗声野气的歌曲！

戊　后言首段

歌队长　我们这些年高的老战士要责备我们的城邦：因为我们在海上拼得了多少次胜利，论理该享受老来时的奉养，可是我们并没有享受到，反而遭受到虐待。你们叫我们这些老英雄吃官司，受那些年轻的政客嘲笑。我们已经不中用了，迟钝衰弱，只有拐棍才是我们的“从不滑倒的海神”。[129]我们老了，站在石坛前面，[130]说话不清楚，除了审案的乌烟瘴气而外，什么都看不见。年轻小伙子，不择手段，争做了起诉人，一开头就大张挞伐，把一些莫须有的罪名乱扔过来；安置好一些语言的圈套，把提托诺斯拖过去盘问，撕他、吓他，弄得他糊里糊涂！[131]可怜他人老了，牙齿掉了，说话咕噜咕

噜，官司打输了，退下庭来，不由得老泪纵横，对朋友们呜呜咽咽说：“我回去得把棺材钱花来付罚金。” 691

己 短歌次节

乙半队 这不是岂有此理吗，一把滴漏壶活活地坑了一个白头老战士？[132]他曾经为城邦立过多少苦功劳，流过多少热汗，在马拉松战场上做过英雄。我们在马拉松追赶过敌人，如今这些坏透了的家伙却把我们追逼得走投无路，判我们有罪。事实如此，请问马西阿斯还有什么话好说？[133] 702

庚 后言次段

歌队长 天地间还有公理吗？和我同年岁的修昔底德，那个已经驼了背的老头儿，落在油嘴滑舌的起诉人刻菲索得摩斯的手里，也就是在斯库提亚蛮荒野地里，受尽了苦楚。[134]我看见老头儿叫那个弓手给作践得稀里糊涂，我真是伤心，还揩过眼泪呢。[135]凭地母起誓，我敢说他如果还是当年的修昔底德，那么，就是对这位女神他也不会轻易容忍啊，他会首先摔倒十个欧阿特罗斯，[136]然后大吼一声，喝倒三千个刻菲索得摩斯，他还会把那个弓手的六亲九眷全都射死。如果你们还不肯让老年人安静，那就规定诉状要分开：凡是对年老人起诉的应该是年老的、掉了牙齿的；凡是对年轻人起诉的应该是浪荡子、饶舌儿和克勒尼阿斯的儿郎。[137]从今后让老头儿放逐老头儿，或是没收他的财产，如果他已经逃亡在
718 外；让年轻人放逐年轻人，或是没收他的财产。

七　第四场

狄开俄波利斯自中屋上。

狄开俄波利斯　这就是我的市场的边界。[138]所有的伯罗奔尼撒人、墨伽拉人和玻俄提亚人都可以在这儿同我做买卖，拉马科斯可不行。我任命这三根用拈阄法选出来的勒普洛斯皮鞭做市场管理员。[139]不让告密人或是从“翻细事”河岸来的任何一个人挨近一步。[140]我要去把那根刻得有和约的柱子搬出来，把它立在市场里叫大家看得见。[141] 728

狄开俄波利斯进入中屋。墨伽拉人偕二女孩自观众左方上。

墨伽拉人　雅典的市场，墨伽拉人所喜爱的，我向你欢呼！

友谊之神可以作证，[142]我想念你，真像吃奶小孩子想念妈妈。来吧，你们这两个可怜的女娃娃，别再怨倒霉的爸爸，来找找看，吃他个大麦粑粑。你们俩听呀，用
734 肚皮注意呀：你们俩愿意自己给卖掉呢还是饿死？

女孩甲
女孩乙 卖掉，卖掉！

墨伽拉人 我也是这样想。可是哪一个傻瓜有钱没处花，要买你们这一对活宝贝呢？好在我还有一点墨伽拉人的小聪明。我把你们俩扮成小猪婆来出卖。快套上这些猪蹄子。要装得是家世高贵的老母猪的崽仔。买卖神在上，[143]卖不掉的话，你们俩回家去可要饿死呢。再戴上这两个小小的猪鼻子；钻进这袋里来。[144]你们要咕咕地叫，喁喁地叫，就像地母祭上的小猪婆那样的叫法。[145]我去把狄开俄波利斯叫出来，他在哪里呀？狄开俄波利
749 斯，你想买小猪吗？

狄开俄波利斯自中屋上。

狄开俄波利斯 你是谁？是一个墨伽拉人？

墨伽拉人 我们是来赶集的。

狄开俄波利斯 你们日子过得怎么样？

墨伽拉人　没有法子，挨着炉火，只有捧肚皮。

狄开俄波利斯　笑成了这个样子！要是有吹笛手在场，更够你们乐了！你们这些墨伽拉人另外还做些什么事儿？

墨伽拉人　还有什么事儿好做？我打那儿出来的时候，那些议事官还正在讨论怎样想法子叫我们一下子干脆死掉。[146] 756

狄开俄波利斯　那你们一下子就可以脱出苦海了。

墨伽拉人　可不是吗！

狄开俄波利斯　墨伽拉另外还有什么新鲜玩意儿？麦子怎么卖？

墨伽拉人　价钱可高啦，比天神还要叫我攀不上。

狄开俄波利斯　你带得有盐吗？

墨伽拉人　你们不是霸占了我们的盐场吗？[147]

狄开俄波利斯　你没有带大蒜吗？

墨伽拉人　什么大蒜？你们每次打进去，总是像田鼠一样，拿锹锹把蒜头全都给刨出来了。[148] 763

狄开俄波利斯　那你带得有什么呢？

墨伽拉人　地母祭用的小猪婆，“细皮白肉”。[149]

狄开俄波利斯　你说得妙；拿来看看。

墨伽拉人　它们才长得好呢。你喜欢就摸摸看。多么肥美呀！

狄开俄波利斯　这到底是什么玩意儿？

墨伽拉人　我敢对宙斯赌咒，全是好肉。

狄开俄波利斯　什么？哪里会有这等货！

墨伽拉人　墨伽拉的道地货。难道这不是细皮白肉种吗？

769 **狄开俄波利斯**　我看不像，不像那路货。

墨伽拉人　这不是奇怪吗？请看这家伙的疑心劲儿！他说这不算货色。（向墨伽拉人）你敢不敢同我赌一点茴香盐，

773 看到底照希腊的说法这一身是不是剥光了好吃的肉。

狄开俄波利斯　可惜是什么“人”的——

墨伽拉人　我当着狄俄克勒斯赌咒，是我的。[150]你以为是什么人的？你想听听它们叫吗？

狄开俄波利斯　我真想呢。

墨伽拉人　小猪儿，你赶快说话呀！你不想说吗？小婊子，

779 你不作声吗？买卖神在上，我就把你带回家去！

女孩甲
女孩乙　咕，咕！

墨伽拉人　这是不是小猪婆？

狄开俄波利斯　现在倒有点像。养五年会变作十足的婊子婆。

墨伽拉人　我保证一定会像它的妈妈呢。

狄开俄波利斯　但是不适于作献祭之用。

墨伽拉人　为什么？怎么不适于作献祭之用？

狄开俄波利斯　没有尾巴。[151] 785

墨伽拉人　因为还小呢。长大了就会有一根又长又大的红尾巴，可叫你喜欢呢！

狄开俄波利斯　这个的腿缝儿和那个的多么相像啊！

墨伽拉人　因为是同爷娘生的。等到长肥大、长足毛过后，就是用来祭爱神的最好的猪婆了。 792

狄开俄波利斯　可惜猪并不用来祭爱神。[152]

墨伽拉人　猪不用来祭爱神吗？这是专用来祭她这位女神的呢。它们的肉戳在铁签上最好吃。

狄开俄波利斯　没有妈妈，它们也会吃东西吗？

墨伽拉人　真的，没有爸爸也会吃。 797

狄开俄波利斯　它们最爱吃什么？

墨伽拉人　你给它们什么就爱吃什么。你自己问问它们。

狄开俄波利斯　小猪婆，小猪婆！

女孩甲　咕，咕！

狄开俄波利斯　你吃“野豌豆”吗？

女孩甲　咕，咕，咕！

狄开俄波利斯 你吃菲巴利斯的“干无花果”吗？[153]

802 **女孩甲** 咕，咕！

狄开俄波利斯 你呢？你也吃吗？

女孩乙 咕，咕，咕！

狄开俄波利斯 一听说“干无花果”你们就这么尖声怪叫！谁替我从屋子里拿些干无花果来给这些小猪婆！

仆人自中屋拿着干无花果出来抛向观众和二女孩，然后进屋去。

它们吃吗？哎呀，最可敬的赫剌克勒斯啊，它们嚼得好响啊！它们是哪里来的小猪婆？倒像是“大嚼国”

808 来的呢！[154]

墨伽拉人 可是它们并没有把干无花果全吃掉呀，——我自己捡起了这么一个。

狄开俄波利斯 宙斯在上，这是两只漂亮的畜生啊！你要怎么卖？你说！

814 **墨伽拉人** 这一只一把蒜头，那一只，如果你愿意，一筒盐。

狄开俄波利斯 那我就买下来。你在这儿等一等。

墨伽拉人 好吧。

狄开俄波利斯进入中屋。

买卖神赫耳墨斯啊，但愿我把我的老婆和我的妈也这样卖掉啊！ 817

告密人自观众右方上。

告密人 你这家伙，打哪里来的？

墨伽拉人 墨伽拉的猪贩子。

告密人 那我要告发你和这两只小猪——仇人仇货。

墨伽拉人 又来了，我们的灾难就是这样子起的头！

告密人 你用墨伽拉口音说话，定叫你用墨伽拉嗓子痛哭！还不放下这口袋？

墨伽拉人 狄开俄波利斯！狄开俄波利斯！人家要告发我！ 823

狄开俄波利斯自中屋上。

狄开俄波利斯 谁？谁告发你？你们这些市场管理员，还不把这些告密人赶出去？（向告密人）你要告他，我要罚你！

告密人 我不该告发我们的仇人吗？

狄开俄波利斯 当心，你还不滚开，“告”你的妈去，“发”你的财去！ 828

告密人自观众右方下。

墨伽拉人 这是雅典城的一害！

狄开俄波利斯 放心吧，墨伽拉人！你把这点大蒜和盐拿去，这是你卖小猪的代价。再见，祝你日子过得好！

墨伽拉人　我们那地方已经不兴说这套。

狄开俄波利斯　那么，就算我多嘴，这祝福就落到我自己头上吧！

墨伽拉人　我的小猪儿啊，没有了爸爸，你们自己去啃啃吧，要是人家给你们加盐的大麦粑粑。

墨伽拉人自观众左方下。狄开俄波利斯牵着二小“猪”进入中屋。

八　第一合唱歌

歌队　（第一节）[155]这个人真是好福气。你看他真是一路顺风，出什么主意都马到成功。他如今在市场里坐收他的胜利果实。哪一个倒霉的克忒西阿斯或是别的告密人闯进来，准保他坐下来就是抱头痛哭。[156] 841

（第二节）没有什么人会侵害你，抢买在前头占了你便宜。普瑞庇斯不至于把他的脏东西揩在你身上，克勒俄倪摩斯也不至于挤开你；你可以保持了衣冠整齐，逍遥自在，走来走去；许珀玻罗斯碰见你，不至于叫你吃官司。[157] 847

（第三节）克剌提诺斯在市场里行走，不至于不识相，要跟你厮混，因为那家伙把头发剃个光，就像叫人

家捉了奸的模样；因为他这个顶坏顶坏的阿耳忒蒙，他这个顶快顶快的滥调作曲家，“羊城”出身，胳肢窝最
853 臊臭。[158]

（第四节）大坏蛋泡宋不会在市场里讥笑你，吕西剌托斯也就不会了，他这个科拉革斯人的败类专学人家做坏事，要青出于蓝，泡宋一个月挨饿三十天，他就要
859 绝食三十天以上。[159]

九　第五场

玻俄提亚人带着吹笛手数人和仆人数人自观众左方上。

玻俄提亚人　赫剌克勒斯可以作证，我的肩膀痛得厉害呢！[160]伊墨尼阿斯，把薄荷叶轻点儿放下来。你们这许多从忒拜城前来的吹笛手，拿你们的“风笛儿”吹你们的“狗屁”（谐“狗皮”）风箱吧。[161]

狄开俄波利斯自中屋上。

狄开俄波利斯　停嘴，滚你的蛋！你们这些嗡嗡响的马蜂，
还不快离开我的大门！这些开里斯野“蜂蝶儿”（谐“风
笛儿”）大队，该死的东西，是从哪里飞到我门口来的？ 866

吹笛手全体自观众左方下。

玻俄提亚人 痛快，痛快！凭伊俄拉俄斯起誓，客人啊，你真叫我高兴！这些家伙，从忒拜城起，就一路顶着我屁股吹，把薄荷花都吹落了一地。可是，你要是高兴呢，
871 就请买一些我带来的鸟儿或是四只——翅膀的。[162]

狄开俄波利斯 欢迎呀，你这个吃花卷的小玻俄提亚人！你带了些什么来？

玻俄提亚人 玻俄提亚的好东西应有尽有：花薄荷、薄荷叶、草席子、灯芯草、野鸭、秧鸡、斑鸠、鹧鸪、“水葫芦”……[163]

狄开俄波利斯 你吹得好大一阵风，把鸟儿全吹到我的市场里来了！

玻俄提亚人 我还带得有鹅、野兔、狐狸、土拨鼠、刺猬、猫、獾、黄貂、水獭、科帕伊斯湖的鳝鱼。[164]

狄开俄波利斯 哦，你带来了这人人喜爱的鱼儿！如果你真带来了，就让我同这些鳝鱼打个招呼吧。

玻俄提亚人 “你这位五十个科帕伊斯姑娘里头的大姐啊”，[165]
884 快出来，对客人献献殷勤！

狄开俄波利斯 我最亲爱的，真叫我望穿秋水的，你终于来了，你害够了喜剧歌队朝思暮想，摩律科斯念念不忘。[166]

小厮们，快替我把火盆和扇子拿到这儿来！

孩子们，你们看这多么温柔美丽的鳝鱼啊，好容易六年了才来，久别重逢，好不令人喜煞！孩子们，同她打个招呼！我要为这位稀客找木炭来接风。（向玻俄提亚人）请她出来！“就是死后，也决不和你分离，只要是配上了甜菜片儿煮了你”！[167]

玻俄提亚人 可是你给我什么代价呢？

狄开俄波利斯 这个就作为市场税缴纳给我了；另外呢，有什么东西好卖给我的，说说看。

玻俄提亚人 这些都卖呀。

狄开俄波利斯 那么，你说什么价钱？要现钱还是愿意从这儿带回些什么货物？

玻俄提亚人 要货物，雅典有，玻俄提亚缺少的都要。

狄开俄波利斯 你要陶器还是法勒戎的鳁鱼？[168]

玻俄提亚人 陶器和鳁鱼？这些我们那儿可都有；你们这儿多得很，我们那儿缺得很的我才要。

狄开俄波利斯 啊，有了。把一个告密货当陶器包捆起来运出去吧。

玻俄提亚人 双胎神有灵！[169]我带一个回去一定赚大

907 钱——正好当一只满肚子坏主意的猴儿牵去耍呢！

尼卡科斯自观众右方上。

狄开俄波利斯 可巧啦，尼卡科斯来告密了！

玻俄提亚人 他太矮小了！

狄开俄波利斯 可是一身都是坏主意啊！

尼卡科斯 这些货物是谁的？

狄开俄波利斯 宙斯可以作证，都是我的，从忒拜城运来的。

尼卡科斯 那我就当众宣告这些都是仇货。

913 **玻俄提亚人** 伤害了你什么啦，你偏要跟这些鸟儿作对、宣战？

尼卡科斯 我还要告发你！

玻俄提亚人 我又伤害了你什么呢？

尼卡科斯 “我要对听众郑重宣布”，[170]你从敌人那儿运进了这些灯芯。

狄开俄波利斯 你竟要告发这一丁点儿的灯芯吗？

尼卡科斯 只要一小根灯芯就可以把船厂都烧了！

919 **狄开俄波利斯** 灯芯烧船厂？天晓得，怎么烧呀？

尼卡科斯 只要来一个玻俄提亚人，把它黏在一只水蜘蛛身上，等候大北风，把它一点着，从水沟里送到船厂里

925 去，[171]只要那一点火一触到船只，就立刻把什么都烧了。

狄开俄波利斯 你这个不得好死的东西，一只水蜘蛛和一根灯芯就把什么都烧了！

狄开俄波利斯捉住尼卡科斯。

尼卡科斯 （向歌队）我请你们作证！

狄开俄波利斯 堵住他的嘴！给我一点草，我好把他捆起来装包，像陶器一样，运出去不至于在路上打破。

狄开俄波利斯正在把尼卡科斯包捆起来。

歌队长 （首节）好朋友，留神把这位客人的货物捆得好好的，让他运起来不至于打破。

狄开俄波利斯 我会当心的。

狄开俄波利斯踢了尼卡科斯一脚，那人在草包里叫起痛来。

可不是，这东西在喳喇喳喇响呢，假声假气的，叫神明听起来也要头痛！

歌队长 拿去作什么用呢？

狄开俄波利斯 这是作什么都用得着的家伙：可以当石臼，用来捣——乱；可以当瓦缸，用来装——诉讼案；可以当灯，用来照——可钻的孔眼；可以当药钟，用来配制——麻烦。

歌队长 （次节）可是谁能够放心在家里使用这样的破家伙，这老是出假声假气的靠不住的东西？

狄开俄波利斯 朋友，它倒是很硬的；它不会出毛病，只要好好地吊起来，脚朝天，头朝地！

狄开俄波利斯把尼卡科斯倒提起来。

946 **歌队长** （向玻俄提亚人）看，给你包捆好了。

玻俄提亚人 我要好好地从他身上捞本呢。

歌队长 好客人，你就去本上加利吧，只要你记好把这个

951 最有出息、无孔不入的宝贝，到哪里就摔到哪里。（次节完）

狄开俄波利斯 好容易才把这个不得好死的家伙捆好了！玻俄提亚人，把这件空心陶器扛起来带走吧！

玻俄提亚人 伊墨尼阿斯，蹲下去，把肩膀放低一点。

伊墨尼阿斯抗着尼卡科斯。

狄开俄波利斯 小心点把他运回去！别说这是不值一文钱的

958 东西，你带回去保你一本万利，保你发财发福。

玻俄提亚人的仆人抗着尼卡科斯自观众左方下，玻俄提亚人同下；狄开俄波利斯进入中屋。拉马科斯的仆人自右屋上。

仆人　狄开俄波利斯！

狄开俄波利斯　（自内）谁？为什么大声叫我？

仆人　为什么？拉马科斯要过大酒钟节，出你一块钱，要你分他几只画眉鸟，还要你分他三块钱的科帕伊斯鳝鱼。[172]

狄开俄波利斯自中屋上。

狄开俄波利斯　哪一个拉马科斯要鳝鱼？

仆人　就是那个最可怕的、刚强无比的拉马科斯，那个舞着戈耳戈头颅、晃摇着三道掩得脸都阴森森的大翎毛的拉马科斯。

狄开俄波利斯　凭宙斯起誓，就是他把他的盾牌给我，我也不分给他。就让他对着臭咸鱼摆他的三道毛吧！他要是不罢休，偏要来吵闹，我就把市场管理员请出来给他点颜色看。我自己可就要带着这些货物满载而归，拍着画眉翅膀、鼓着八哥翼！

狄开俄波利斯进入中屋，仆人进入右屋。

十　第二合唱歌

歌队　（首节）全体公民啊，你们看，这个头脑清楚的绝顶聪明人议下了和约，买得了多少货物：有的可以留在家里常使用，有的可以煮在锅里趁热吃。一切的好东西都不招自来供给了他。

我决不欢迎“战争”到我家里来！决不让他跟我同躺一张榻、合唱酒令歌！[173]他是个酒鬼恶煞：你喜气盈门，有福可享，他偏来乱闯，造下千灾百难，翻倒这个、摔破那个、扒来捣去；你白费口舌，三番四次邀请他：“坐下来，喝点酒，接过这友爱的杯子！”[174]他只有变本加厉，放火烧毁了我们的葡萄桩，穷凶极恶，硬
987 是从我们的葡萄园里倒掉了酒浆。

狄开俄波利斯把羽毛扔在门外。

（次节）你们看，这个人有多少山珍海味吃，好不开怀，还得意洋洋，把这些羽毛抛在大门外，对大家显显他过的什么样生活。

“和平”啊，你跟美貌的阿佛洛狄忒和那三位可爱的秀丽之神总是做伴的，我从不知道你有这样美丽的容貌呢！[175]但愿托福小爱神，戴着花冠，就像宙克西斯画里的那样子，把你拉来和我百年好合啊！[176]也许你嫌我老了吧？但是，如果我得到你，我还能够献出三件礼物：首先，我要栽一长行小葡萄藤，然后在旁边栽一些无花果树的嫩秧，再其次，别看我这个老头儿，还要栽一行爬山葡萄藤，[177]并且要绕着这整块的田地栽一圈橄榄树，好出橄榄油，尽够你和我，每逢新月时分，都可以用来抹身呢。[178] 999

十一　第六场

传令官自观众右方上。

传令官　大家听呀！按照我们祖传的习惯，你们去听见号声就喝大钟酒！谁先喝干，谁就赢得克忒西丰的皮囊！[179]

传令官自观众右方下。狄开俄波利斯和他的仆人自活动台上出现。

狄开俄波利斯　孩子们、妇女们，你们没有听见吗？你们在做什么啦！你们没有听见传令官说话？快煮呀，烤呀，翻呀，赶快把兔子肉拖出来，快编扎花冠；把铁签拿来，让我来戳上画眉鸟！

歌队长　我羡慕你主意好，更羡慕你此刻兴高采烈！

狄开俄波利斯　等你看见烤画眉，不知你又该说什么了！

歌队长　真是啊！

狄开俄波利斯　（向仆人）把炭火拨一拨！

歌队长　你们看，他多么在行、多么熟练，十足像个厨师傅，自己会做得一手好菜！

得刻忒斯自观众左方上。

得刻忒斯　哎呀呀！

狄开俄波利斯　赫剌克勒斯啊，又是什么呀？

得刻忒斯　是个倒霉人！

狄开俄波利斯　你自己留下“霉”，别“倒”给人家！

得刻忒斯　好朋友，只有你得到了和约，请把你的“和平”量一点给我，哪怕就量给我五——年吧。[180]

狄开俄波利斯　你怎么啦？

得刻忒斯　我完了，丢了两头牛！

狄开俄波利斯　怎么丢的？

得刻忒斯　那些玻俄提亚人从费勒牵走的。[181]

狄开俄波利斯　你这三生不幸的人啊，你居然还穿上白衣服！[182]

得刻忒斯　我本来过日子挺不错，天天捞得着——牛屎。

狄开俄波利斯　你现在要什么呢？

得刻忒斯 我哭那两头牛，哭瞎了眼睛。如果你关心费勒的

1029 得刻忒斯，请赶快用和平露抹抹我的眼睛。

狄开俄波利斯 可是，你这个可怜人啊，我并不是官医。[183]

得刻忒斯 我求求你，也许我还可以找回我的两头牛呢！

狄开俄波利斯 办不到，你哭到庇塔罗斯家里去吧！[184]

得刻忒斯 只请你向这个小芦管里滴一滴和平露！

狄开俄波利斯 半滴也不，到别处去掉你的眼泪吧！

1036 **得刻忒斯** 哎呀，我的好耕牛倒了我的霉啊！

得刻忒斯自观众左方下。

歌队长 你们看他在和约里发现了什么最甜蜜不过的东西，不轻易分给别人一点儿。

狄开俄波利斯 （向仆人）你把蜂蜜倒在腊肠上，把墨鱼烤烤！

歌队长 你们听见他气焰万丈地大声嚷吗？

狄开俄波利斯 （向仆人）把鳝鱼烤烤！

歌队长 你已经叫我眼睁睁看得馋死我，叫香气熏死了左邻右舍还不算，定要这样叫唤，吵死我们！

1047 **狄开俄波利斯** （向仆人）再把这些烤烤，好好地烤黄！

伴郎自观众右方上。[185]

伴郎　狄开俄波利斯!

狄开俄波利斯　谁? 谁?

伴郎　有一位新郎从喜筵上给你送来了这些肉。

狄开俄波利斯　做得漂亮，不管人是怎样。

伴郎　他请求你为了这点菜倒一小杯和平露到这个香水瓶里，免得他出去服兵役，好让他留在家里侍候新娘子。 1053

狄开俄波利斯　把这些肉拿回去，拿回去，不必送给我，就是给我千万块钱，我也不倒给他一滴!

伴娘自观众右方上。[186]

她是谁呀?

伴郎　是伴娘，她要私下里告诉你从新娘那儿带来的什么话呢。 1057

狄开俄波利斯　来，你要说什么啦?

伴娘向狄开俄波利斯耳语。

老天爷，新娘的迫切恳求是多么荒唐可笑啊! 她想把新郎那个家伙留下在家里!（向仆人）快把和约露拿到这儿来! 我只给她破个例，因为她究竟是女人家，总不该叫打仗打垮。 1061

仆人把和约露递给狄开俄波利斯。

女客人，把你的瓶子拿到这底下来，这样！（倒和约露）你知道你们怎样使用吗？告诉新娘，就在征兵征到新郎身上的时候，夜里用这个抹在他身上最需要抹的地方。

伴郎和伴娘自观众右方下。

把和约露拿走！把酒提子拿来，我好打一些酒把大
1068 酒钟都倒个满。

仆人自活动台上退进去。

歌队长 有人急急忙忙跑到这儿来，皱着眉头，好像要传报什么可怕的消息了！

传令官自观众右方急上。

传令官 哦，吃苦头啊，打苦仗啊，拉马科斯们出来啊！

传令官敲右屋的门，拉马科斯上。[187]

拉马科斯 谁在我这座四壁厢铜器亮堂堂的府第周围闹个哄哄响？

传令官 将军们命令你，带你的队伍和你的翎毛，火速出发，冒风雪，去把守关口！方才得报：玻俄提亚强盗，
1077 要趁大酒钟节、大酒钵节，向我们大举进袭！[188]

传令官自观众右方下。

拉马科斯　这些将军啊，数目大、胆子小！偏叫我不能够去庆祝节日，可又是太凶了呀！

狄开俄波利斯　英勇善战的拉马科斯誓师出马了！

拉马科斯　你是什么东西，胆敢讽刺我？

狄开俄波利斯　哪里是“蜂”刺你，你倒要和四只翅膀的革律翁作战吗？[189]

拉马科斯　唉，唉，传令官向我宣布了多么坏的消息啊！

狄开俄波利斯　呵，呵，这个人跑来给我报什么喜信呀？ 1084

报信人甲自观众右方急上。

报信人甲　狄开俄波利斯！

狄开俄波利斯　怎么啦？

报信人甲　赶快带你的提篮和你的大酒钟去赴宴会，酒神的祭司召请你！请你快一点，你把宴会耽误了这么久。什么都准备好了：躺榻、餐桌、靠垫、毛毯、花冠、油膏、糖果，连妓女都到了，还有麦片糕、奶油饼、芝麻糕、蜂糖饼、美貌的歌女——“哈摩狄俄斯最亲爱的”。[190]你快去快去！

报信人甲自观众右方下。

拉马科斯　我倒霉啦！ 1094

狄开俄波利斯 谁叫你选中了断头戈耳戈做你的保护神呢！

（向仆人）你把屋子关起来，[191]叫谁把酒菜准备好。

拉马科斯 孩子，孩子，把我的背包拿出来！

狄开俄波利斯 孩子，孩子，把我的菜篮拿出来！

拉马科斯 给我拿一点茴香盐来，别忘记葱头！

狄开俄波利斯 给我拿几块鲜鱼片来，我讨厌葱头！

拉马科斯 给我拿无花果叶子裹一点臭鱼干，路上好充饥。

狄开俄波利斯 给我拿无花果叶子裹一盘肥肉来，带去好现烤。

拉马科斯 把我头盔上的翎毛拿出来！

狄开俄波利斯 把我的斑鸠和画眉鸟搬出来！

拉马科斯 这些鸵鸟毛白得好美啊！

狄开俄波利斯 这只斑鸠肉黄得好美啊！

拉马科斯 你这家伙，不要再挖苦我的盔甲！

狄开俄波利斯 你这家伙，不要老盯着我的画眉鸟！

拉马科斯 把那个装三道翎毛的匣子找出来！

狄开俄波利斯 把那个装兔子肉的盘子递给我！

拉马科斯 蛾子总是咬了我的翎毛！

狄开俄波利斯 我在饭前总是先喝兔肉汤！

拉马科斯　老兄，多谢你别跟我说话吧。

狄开俄波利斯　我只是跟这小厮话不对头。（向仆人）你愿意打赌吗？让拉马科斯来公断：到底是画眉鸟好吃，还是蝗虫好吃？ 1116

拉马科斯　蝗虫好吃！你欺人太甚！

狄开俄波利斯　他说是蝗虫好吃！

拉马科斯　孩子，孩子，把长矛取下来，拿到这儿来！

狄开俄波利斯　孩子，孩子，把腊肠取出来，拿到这儿来！

拉马科斯　我要把枪套子退下来，孩子，你捏住，捏紧点！

狄开俄波利斯　孩子，你把铁签子捏紧点！ 1121

拉马科斯　先拿架子来搁我的盾牌！

狄开俄波利斯　先拿烤面包来垫垫我的肚子！

拉马科斯　再把戈耳戈面的圆牌牌提给我！

狄开俄波利斯　再把奶酪面的圆饼饼递给我！

拉马科斯　这不是最不堪入耳的嘲笑吗？ 1125

狄开俄波利斯　这不是最好吃可口的奶酪饼吗？

拉马科斯　你把油倒上去！[192]哈，哈，一看我的铜盾牌，我就想得见丧魂失魄的逃将捉去受审呢！

狄开俄波利斯　你把蜂蜜倒上去！哈，哈，一看我的奶酪饼，

1131 我就看得见哭笑不得的戈耳戈儿子活活受罪呢![193]

拉马科斯 把我的护心铠甲拿到这儿来!

狄开俄波利斯 把我的暖心酒拿到这儿来!

拉马科斯 我武装起来好对付死敌。

1136 **狄开俄波利斯** 我提起精神来好对付酒友。

拉马科斯 孩子,把毯子捆好在盾牌上!

狄开俄波利斯 孩子,把食品放好在篮子里!

拉马科斯 我自己扛背包吧。

狄开俄波利斯 我还要穿长袍哪。

拉马科斯 孩子,你把盾牌拿起来,背着走吧!哎呀,下雪啦!真叫作双“气”临门,吃不尽的风霜之苦!

狄开俄波利斯 你把篮子提起来!就去赶享不尽的宴饮

1142 之乐!

拉马科斯和他的仆人自观众左方下,狄开俄波利斯和他的仆人自观众右方下。

十二　第三合唱歌

歌队长　你们俩都一路顺风！可惜各走各的路，方向不同：一个是头戴花冠去饮宴；一个是挨冻去夜守关口，不忍想人家还要同妙龄女郎欢度良宵，真叫痛快！

歌队　（首节）我就痛快说，愿天诛地灭口沫四溅的龟儿子安提马科斯，那个乱写文章、瞎作歪诗的家伙！他在勒奈亚节里做歌队司理的时候，简直拿闭门羹请我！[194]
但愿我看见他拚命想吃乌贼鱼，好容易眼巴巴看鱼儿烘好，冒着滚油，嗞嗞响地乘着盐水潮进港到餐桌上抛锚，正要拿起来，冷不防恰好叫一只狗抢了去，逃个无影无踪！ 1161

（次节）这不过是他的头一件倒霉事。但愿他在夜

里还有另外一件！但愿他骑马过后，发了寒热，走回家
去，半路上撞上了一个喝醉酒发疯的俄瑞斯忒斯，叫他
一棍打破了脑瓜；[195]但愿他想捡一块石头来还击，却
在黑暗里伸手捡起了一大团刚刚屙下来的东西；但愿他
捏着它扔过去，却没有扔中要扔的，偏巧扔中了克刺提
1173 诺斯的脸！

十三　退场

报信人乙自观众左方急上，敲右屋的门。

报信人乙　拉马科斯家里的仆人啊，你们赶快热水，快拿瓦壶来热水！快准备布片、药膏、油亮亮的羊毛、裹脚踝骨的绷带！你们的主人跳壕沟不小心叫木桩刺伤了，一扭动又把脚踝骨扭脱臼了，再跌到石头上，把脑袋碰破了，还把戈耳戈头颅从盾牌上直抛出去了！威风凛凛的鸟大王毛滚滚扫地，伤心惨目，害得他痛哭失声说："光明的大眼睛啊，[196]我现在最后再看你一眼，我眼看要从此不见天日了：我再也活不成了！"他一说又跌进水沟里，变只落汤鸡爬起来，碰见几个逃兵，便只顾奋勇拿长矛追赶那些往回逃的匪徒。[197]现在他追回来

1189 了！快开门！

报信人乙自观众右方下。拉马科斯由二兵士扶着自观众左方上。

拉马科斯 （首节）哎呀，哎呀！多么可怕的痛苦啊，多么可恶的颤抖啊！唉，唉！我完了，叫敌人的长矛刺中了！要是狄开俄波利斯看见我受伤了，嘲笑我的灾难，

1197 那才更叫我难受呢！

狄开俄波利斯由二吹笛女伴着自观众右方上。

狄开俄波利斯 （次节）哎呀，哎呀！多么圆鼓的东西啊，多么结实的香橼啊！我的小宝贝，给我亲个嘴，咂舌头

1202 亲个嘴！是我第一个喝干了那一大钟！（次节完）

拉马科斯 我这千灾百难的苦命啊！唉，唉，我这七伤八死的痛苦啊！

狄开俄波利斯 哈，哈，你好，拉马科斯小骑士！

狄开俄波利斯拥抱拉马科斯。

拉马科斯 唉，不得了！

拉马科斯咬狄开俄波利斯。

狄开俄波利斯 嗨，了不得！

拉马科斯 你为什么抱我？

狄开俄波利斯　你为什么咬我？ 1209

拉马科斯　哎呀，人家不留情，可算了我的账了！

狄开俄波利斯　大酒钟节里谁也不算谁的账！

拉马科斯　神医啊，神医啊！

狄开俄波利斯　可是今天并不是神医节呢！

拉马科斯　（向兵士）扶住我的腿，哎呀，别碰痛我！

狄开俄波利斯　（向吹笛女）你们俩都放手，哎呀，别揪住我！ 1217

拉马科斯　石头撞得我头昏了。

狄开俄波利斯　人家等我去睡觉了。

拉马科斯　抬我到庇塔罗斯家里去，求求他医治的妙手。 1223

狄开俄波利斯　带我到评判员那儿去！君主长官来发奖！你们欠了我这一囊好酒。[198]

拉马科斯　矛子刺进了我的骨头，好痛呀，好痛！

兵士扶着拉马科斯进入右屋。

狄开俄波利斯　（向观众照杯）大家看，是喝干了！“哈哈！胜利啦！”[199]

歌队长　哈哈！胜利啦！你这样呼，我也就这样应。

狄开俄波利斯　我倒进去的是纯酒，并且是一口就喝干！ 1229

歌队长　好呀，我们的好汉！带着你的酒囊走吧！

1233 **狄开俄波利斯**　你们得跟着我唱“哈哈！胜利啦！”

歌队长　我们为了你，跟着你和你的酒囊，一齐唱“哈哈！胜利啦！”

狄开俄波利斯和二吹笛女进入中屋。

注　释

［1］ 狄开俄波利斯（Dicaiopolis）这名字的意义是“正直的公民”。本剧是公元前425年2月里的勒奈亚（Lenaia）酒神节里演出的。到这时候雅典和斯巴达已经打了六年内战。因为斯巴达人来攻，雅典陆军守不住，这乡下人只好避居城内。阿提刻（Attice）是雅典城邦的领土。

［2］ 阿卡奈（Acharnai）是雅典北郊的一个乡区，距城约11公里。

［3］ 墨伽拉（Megara）城在雅典西边，距城约35公里。

［4］ 玻俄提亚（Boiotia）在雅典北边，距城约34公里。

［5］ “金元宝”原作“塔兰同”（talanton）。每一塔兰同合六千希腊币，约合银二千四百两。克勒翁（Cleon）原是一个硝皮厂主。他是主战派的头儿，曾经以减轻贡税为条件，接受过盟邦五个塔兰同的贿赂。“无愧于希腊”据说是从欧里庇得斯的悲剧《忒勒福斯》（*Telephos*）里

面引来的。忒勒福斯是赫剌克勒斯（Heracles）的儿子，他娶了特洛亚（Troia）国王普里阿摩斯（Priamos）的女儿，因此企图阻止希腊远征军在小亚细亚西北角上的密西亚（Mysia）登陆，不幸被希腊英雄阿喀琉斯（Achilleus）刺伤了。他后来去到希腊军中，由阿喀琉斯用矛尖的锈把他治好了，因此他反而指引希腊军前往特洛亚。据中世纪的注释家说，忒勒福斯去到希腊军中时，阿喀琉斯（在剧中）批评他“无愧于希腊”。“骑士”是由雅典次富的贵族子弟组成的，共为一千名。他们更组织为一种政治集团。克勒翁接受的这笔贿款便是由他们发现，逼着他吐出来的。

［6］ 埃斯库罗斯（Aischylos）是雅典三大悲剧诗人之一。本剧演出时，他已经逝世三十多年。狄开俄波利斯所说的这次的悲剧比赛有三个诗人参加：一个是埃斯库罗斯（即重演他的遗著），一个是忒俄格尼斯（Theognis），还有一个是另一个诗人。据说忒俄格尼斯是一个拙劣的悲剧家，他的作品一点味儿都没有，而且没有情感，因此有人给他取个绰号，叫作“冰雪诗人”。

［7］ 摩斯科斯（Moschos）和得西忒俄斯（Dexitheos）这两个人物已不可考。至于玻俄提亚歌曲，一说是一种田园歌曲，一说是公元前7 世纪的乐人忒潘德洛斯（Terpandros）所作的抒情歌。

［8］ 开里斯（Chairis）是忒拜（Thebai，又译作“底比斯”）的

吹笛手。这战歌也是忒潘德洛斯作的。

[9] “伤了我的”四字令观众想起开场第一句，他们正想听“心”字，却来了意外的笑话。

[10] 雅典每月于月之11日、20日和最末日举行三次公民大会，这都是定期的。大会自大清早就开始举行，故名“朝会”。会场在卫城（Acropolis）西边，叫作普倪克斯（Pnyx）。

[11] 市场在卫城西北，有一部分就靠近会场。公民大会快开会时，市场里只留一个通往会场的出口，其他的大门完全关闭起来，由两个斯库提亚（Scythia）弓手（雅典的警察）牵着一根长索子，由东北向西南移动，把那些在市场里逗留的人赶向会场。索子上涂得有赭石粉，这粉黏在身上是一件很不体面的事情。

[12] 雅典的议员共为五百人，由十族选出。每族的五十人轮流做议会和公民大会的主席。公民大会快开会时，这些主席从演讲台后面下来抢头排的座位，所以显得拥挤。他们的座位在讲台旁边，面向听众。

[13] 雅典剧场里，人物的进场和退场要遵守一定的习惯：一个从市场里（亦即城里）或海上来的人物应从观众右方进场；一个从乡下来的人物应从观众左方进场。

[14] 主席团这时候算是坐定了，于是献杀一头猪，使会场成为清净地。然后传令官请全体公民进入清净界内。

[15] 这话是向全体公民说的。

[16] 阿菲忒俄斯这名字的后半“忒俄斯”在希腊文是“神”的意思，因此传令官这样挖苦他。

[17] 得墨忒耳（Demeter）是克洛诺斯（Cronos）与瑞亚（Rhea）之女，是宙斯（Zeus）的姊姊。里托勒摩斯（Triptolemos）是厄琉西斯（Eleusis）的国王刻勒俄斯（Celeos）之子，他的母亲是墨塔尼拉（Metanira）或是波吕尼亚（Polymnia）。阿菲忒俄斯说得墨忒耳与里托勒摩斯结合，并且说里托勒摩斯的父亲刻勒俄斯是里托勒摩斯的儿子，这都是无稽之谈。至于淮娜瑞忒（Phainarete）和吕喀诺斯（Lycinos）这两个名字则是诗人虚构的。诗人在这几行诗里嘲讽欧里庇得斯的《伊菲革涅亚在陶洛人里》（*Iphigenia Taurica*）一剧的开场一段，伊菲革涅亚在那一段里面背诵过她的家世。

[18] 阿波罗（Apollo）是宙斯与勒托（Leto）的儿子。

[19] 孔雀产自印度，由使节们带到雅典来，于新月节里公开展览。

[20] “波斯城”原作厄克巴塔那（Ecbatana），那原是墨狄亚（Media）的首都，后来变作波斯国王的避暑地。这名字在雅典成为“富丽奢华”的代用字。

[21] 欧堤墨涅斯（Euthymenes）于公元前437年为雅典执政官。十二年来，这两个使节已经领过一万七千多块钱的薪俸。古希腊的币制

单位为“德剌克马”（drachme），约合银四钱。

[22] 这种帘篷车是波斯贵族妇女所乘坐的，车上有帘子，有软垫。卡宇特洛斯（Caystros）平原在小亚细亚西南部。

[23] 原作“克剌那俄斯（Cranaos）的城啊”。克剌那俄斯是神话时代的雅典国王。狄开俄波利斯想借这字使观众回忆雅典英雄时代的古朴风俗，那和波斯的奢侈生活正成对比。

[24] 金山有人说在斯库提亚，有人说在波斯。

[25] 宙斯为克洛诺斯与瑞亚之子，他是众神之长。克勒俄倪摩斯（Cleonymos）是一个胆怯的大胖子，一个告密人。

[26] 修达塔巴斯这名字的意义是“欺骗的升”，为“欺骗（pseudo）与“阿塔柏”（artabe）二字合成的，“阿塔柏”是波斯的容量名称。“大王的眼睛”即“大王的耳目”之意。

[27] 赫剌克勒斯为宙斯与阿尔克墨涅（Alcmene）之子，他是希腊最伟大的英雄，死后升天成神。

[28] 战舰的船头如鼻，两侧各绘着一只眼睛。桨柄靠船洞那一部分上面里得有皮子，以作填塞洞口之用，免得海水由洞口流进船中。扮演修达塔巴斯的演员的面具是一只大眼睛，嵌在皮子里面的，因此这面具更像船头。

[29] 这是一行波斯希腊语，原意可能是：“请看阿塔巴斯，塞克

塞斯（Xerxes）的忠实的省长”。塞克塞斯是波斯国王。

[30] 这也是一行波斯希腊语，原意可能是："没有金子，大屁股伊俄尼亚（Ionia）人。"伊俄尼亚人这儿特指雅典人。

[31] 意即“要你出血”。萨耳得斯（Sardeis）是吕狄亚（Lydia）的都城。

[32] 当日的年轻人都留发，西彼提俄斯（Sibyrtios）的儿子克勒忒涅斯（Cleisthenes）和少数别的年轻人却把发剃得光光的。诗人时常在剧中讽刺克勒忒涅斯很带女性。

[33] 据说这一行戏拟欧里庇得斯的悲剧《珀利阿得斯》（*Peliades*）里面的诗句。

[34] 据说这两句戏拟阿喀罗科斯（Archilochos）的诗句，那原诗的意思大概是："你这个猴子，你流着眼泪"。

[35] 斯特剌同（Straton）也是一个不留发的年轻人。

[36] 主席厅在卫城北边。厅内每天设宴招待外来的使节、有功的公民和那些战死的公民的孩子。

[37] 忒俄洛斯（Theoros）在阿里斯托芬的《马蜂》里是克勒翁豢养着的一个谄媚的寄生虫。他在本剧里是一个使节。西塔尔刻斯（Sitalces）是特剌刻的俄德律赛（Odrysai）人的国王，他的势力很强大。他于公元前429年为雅典人攻打过马其顿。

[38] 特刺刻在黑海西岸，气候寒冷。正当雅典的使节在北方受冻时，雅典人却被忒俄格尼斯的冷冰冰的悲剧冻着了。

[39] 大概暗指那国王把俄德律赛人和雅典人所订的盟约刻在公共纪念碑上。

[40] “祖国”指雅典城邦。这王子名叫萨多科斯（Sadocos），他于内战第一年（公元前431年）取得雅典的公民权。阿帕图里亚（Apaturia）节为雅典四月（相当于公历10月中旬到11月中旬）里庆祝的节日，那些满了二十岁的青年在那个节日里正式成为雅典的公民。

[41] 使节原意是说这支军队像蝗虫那样多，狄开俄波利斯却着意在怕他们像蝗虫似的为害。

[42] 俄多曼提亚人住在特刺刻的斯特律蒙（Strymon）河沿岸，他们是一个独立的氏族。

[43] 据说这些褴褛的兵士身上挂得有阳物模型。

[44] “轻盾兵”是介于重甲兵和轻甲兵之间的兵种。这种兵所携带的盾牌比较轻巧一些。特刺刻军队曾经蹂躏过、屠杀过玻俄提亚人，但终于为忒拜人所败。玻俄提亚人是雅典人的劲敌。

[45] “头等桨手”原作“上层桨手”。雅典的战舰有三层桨座，那最高一层的桨座上面的桨手所划的是最长最重的桨。这种桨手每天的军饷只有一块钱。

[46] 以斗鸡为喻，据说鸡吃了大蒜，斗起来更有劲。

[47] 原作“有宙斯的预兆”，凡遇风暴、地震一类的异象，大会就停开。但主席团竟听信狄开俄波利斯的话，为了这一滴雨而宣布散会，这自然是一个笑话。

[48] “凉拌菜”指大蒜、韭菜、干酪、蜂蜜、油、鸡蛋等制成的冷食品。狄开俄波利斯的意思是说他损失了大蒜，这凉拌菜便没有味儿。

[49] 阿卡奈乡位于帕耳涅斯（Parnes）山下，居民以烧木炭为业。马拉松（Marathon）战役发生在公元前490年（距本剧演出年代已六十五年），雅典人那次粉碎了波斯人的第一次进攻。

[50] 斯巴达国王阿喀达摩斯（Archidamos）曾于公元前431年带着十万人进攻阿提刻，大本营住在阿卡奈。他竭力破坏这乡区，以为这样可以刺激阿卡奈人，使他们怂恿雅典人出城来决战，但他这计策被伯里克理斯（Pericles）识破了。

[51] 那些外来的卖酒商把他们的样品带到雅典的码头上，请买酒商尝尝滋味，再做买卖。希腊文“奠酒”一词含有“和议”之意，所以这里用酒来代和约。

[52] 希腊的葡萄酒里溶化得有松香，这样才好保存。“松香”还可解作“沥青”，沥青可作涂船缝之用，亦即建设海军之用。

[53] 行军时每个兵士要自己携带三日的口粮。“仙酒”和“神

膏”是神的饮食。酒神即狄俄倪索斯（Dionysos），他是宙斯与塞墨勒（Semele）之子。

［54］“乡村酒神节”于12月里在乡下举行。

［55］古希腊的合唱歌里每曲的首次两节的节奏和拍子是相同的。

［56］法宇罗斯（Phayllos）是奥林匹克运动会里的一个胜利者。

［57］拉克剌忒得斯（Lacrateides）大概是阿卡奈人的领袖，他曾于公元前490年任雅典执政官。

［58］巴勒涅（Ballene）谐希腊文“砸”。对于那些惹动公愤的人，群众可以用石头打死他，这种惩罚叫作“石击刑”。

［59］这是宗教典礼开始时的口令。狄开俄波利斯叫他屋里的人静下来，别说什么不吉利的话。

［60］狄开俄波利斯这时候开始庆祝乡村酒神节，他想像他已经回到乡下了。那篮子里面装的是水果，由狄开俄波利斯的女儿顶在头上。在雅典的酒神节游行里，顶篮子的职务是很光荣的，那是一个女孩子一生所能担任的最得意的任务。那些顶篮人的姓名要刻在石碑上。“法罗斯（Phallos）竿”象征生殖。

［61］法勒斯（Phales）是象征生殖的神。

［62］斯律摩多洛斯（Strymodoros）是狄开俄波利斯的邻人。

［63］歌队里有的人员不肯扔石子。“扔呀……扔”和“大家来

打”都是从《忒勒福斯》里引来的。

[64] 指盛豆羹的土钵。

[65] 暗指斯巴达人所穿的红军服。据说斯巴达兵士穿上这种红色服装，打起仗来特别勇敢，因为他们受伤的时候自己看不见血。

[66] 这一景戏仿《忒勒福斯》里面的情节。忒勒福斯在紧急关头抓住俄瑞斯忒斯（Orestes），要把他杀害，如果希腊兵士要迫害他本人。

[67] 墨鱼受惊则喷出黑液，以便隐藏。

[68] 这些乡下人听那些政治煽动家说得天花乱坠，一番阿谀往往使他们成为主战派的拥护人。结果是那些政客发了战争财，而乡下人则身受战祸，避居城内，故说他们“叫人家出卖了”。

[69] 雅典的陪审员共有六千位，每次陪审由五百位参加，每一位得到三个俄玻罗斯（obolos，等于半块希腊币）。年在三十以上的雅典公民都有资格当陪审员，但实际上只有那些老头子才贪图这一点陪审津贴。

[70] 狄开俄波利斯这时化身为本剧作者，向观众说话。“那出喜剧”指《巴比伦人》，那是公元前426年演出的。诗人在那剧里攻击雅典人对待盟邦的高压手段，因此克勒翁在议会里控告诗人，说他侮辱了雅典的公民和议员。

[71] 这一句（从“先让我”起）大概是从《忒勒福斯》里面借来的。

[72] 希厄洛倪摩斯（Hieronymos）是一个悲剧诗人，他的头发又长又乱，几乎把他的脸完全遮隐了。西绪福斯（Sisyphos）是埃俄罗斯（Aiolos）或奥托吕科斯（Autolycos）之子，为人多奸多诈，他甚至骗得冥王的同意把他放回了阳世。

[73] 欧里庇得斯的剧中很多这类似的矛盾语，如像“她活着也不活着”（见《阿尔刻提斯》〔*Alcestis*〕第521行）。

[74] 科勒代（Colleidai）乡区大概在许墨托斯（Hymettos）山东南麓，在雅典东南，相距约19公里。希腊人同名的很多，因此名字前面往往冠以乡区的地名和父亲的名字。

[75] 景后有一道墙壁可以旋转而开，于是里面表示内景的活动台便可以被推出来。

[76] 普通的祈求姿势是一手抱住人家的膝头，一手摸住人家的胡子。因为欧里庇得斯高坐在上，狄开俄波利斯只能这样说说。

[77] 俄纽斯（Oineus）是卡吕冬（Calydon）城的国王，后来王位被人篡夺，这老年人便穿着破衣服到处漂泊。

[78] 福尼克斯（Phoinix）被他父亲的情妇诬告，他父亲便把他的眼睛弄瞎了。他后来穿着破衣服逃走了。

[79] 菲罗克忒忒斯（Philoctetes）因为被毒蛇咬了，希腊远征军便把他遗弃在一个荒岛上，他在那儿住了十年，衣服破烂不堪。

[80] 柏勒洛丰忒斯（Bellerphontes）是骑飞马跌伤的。

[81] 堤厄斯特斯（Thyestes）是阿特柔斯（Atreus）的弟弟。他因为诱奸了嫂子，被哥哥驱逐出境。伊诺（Ino）是阿塔马斯（Athamas）的妻子。她因为参加酒神的歌舞，黑夜里在山上失踪，阿塔马斯便另娶妻子。他后来找着了伊诺，便把她迎接回宫，假意把她当作女仆。

[82] 宙斯是太空之神，无所不见。

[83] 据说引号里的话是从《忒勒福斯》里面引来的。

[84] 据说引号里的话是从《忒勒福斯》里面引来的。

[85] 自夸他上面的话引用得很妙。正因为他穿上了忒勒福斯的破衣服，他说起话来才像忒勒福斯那样巧妙。

[86] 传说欧里庇得斯住在萨拉密斯（Salamis）的石洞里。

[87] 挖苦欧里庇得斯的母亲。据说欧里庇得斯的母亲是一个卖野菜的，生活很苦。

[88] 讽刺欧里庇得斯把这些东西介绍到悲剧里，降低了悲剧的高贵性。

[89] 干薄荷叶可作调味的香料。

[90] 引号里的话大概戏拟欧里庇得斯的《俄纽斯》里面的戏词。

[91] 这一段戏拟公元前431年演出的欧里庇得斯的悲剧《美狄亚》(*Medeia*)。美狄亚杀子前曾经和她自己的心这样谈话。

[92] 以赛跑为喻。

[93] 意即吸收了欧里庇得斯的精神，能言善辩。

[94] 这实际上是诗人称赞他自己的勇敢。他明知道观众里大多数是主战派的人。当着他们替斯巴达人说话是一件很危险的事情。

[95] 这一篇演说里有一些诗句，如像开头的几行，戏拟《忒勒福斯》里面的戏词。

[96] 要到三四月间海上风平浪静时，那些外邦人才能到雅典来进贡看戏。那些贡税是一锭锭的塔兰同，于演剧时摆在剧场上公开展览。农人把麦子的壳簸干净后，将麦子送到磨坊里去磨成面粉与麸子。狄开俄波利斯把那些没有来看戏的外邦人当作壳，他们既然没有来，就等于被簸出去了。但有许多外邦人居住在雅典。他们要交居住税，但无公民权。这次演剧时，他们自然会到场观看。他们算是麸子，是麦子的一部分。

[97] 泰那农(Tainanon)在伯罗奔尼撒(Peloponnesos)南端，正当斯巴达的南方。斯巴达时常有地震。有一次一些斯巴达的农奴逃进那海角上的海神庙里，却被斯巴达人拖出来杀害了。按习惯凡是逃进了神殿里的人应受到神的保护，谁也不得伤害他们。据说海神因此作怒，

用三叉撞击大地，因而发生了大地震。

［98］ 诗人叫大家记住他并无意“诽谤”城邦。

［99］ 狄开俄波利斯把时间弄颠倒了。要等到禁令颁布后才能够没收违禁品，那些告密人才有活动的机会。这禁令是公元前 432 年颁布的，这是战争的主要原因之一。

［100］ 西迈塔（Simaitha）是一个名妓。

［101］ 阿斯帕西亚（Aspasia）本是一个妓女，后来变成了伯里克理斯的情妇。她也许训练过一些少女来作妓女。

［102］ 伯里克理斯确实颁布过禁令。这儿所指的酒令歌大概是提摩克瑞翁（Timocreon）作的。那首歌的大意如下：“瞎眼的财神（Ploutos）啊，但愿你不要在陆上、海上、或是我们的半岛上出现……”

［103］ 塞里福斯（Seriphos）是爱琴海上的小岛，为雅典人的殖民地。

［104］ 那些三层桨战舰是由富有的公民供应的。那时候他们要做一切准备，使战舰下海；舰上的人员，特别是那些上层桨手希望从他们那儿得到额外的赏赐。

［105］ 雅典娜（Athena）是雅典的保护神。

［106］ 一种类似橄榄的果子，其实并非橄榄。这种果子可作食品及榨油之用。

[107] 大概是指兵士和水手所戴的花冠。他们闹酒、打架，把花冠坠到地上。但也可能是指用来系在船头上的花圈。

[108] “口令”为划桨与停桨的口令。箫声、笛声和哨子声司划桨的节拍。

[109] 引号里的话是从《忒勒福斯》里面引来的。

[110] 以角力为喻。

[111] 以角力为喻。甲半队的领队已经被对方抱住，被举到空中，他算是完全失败了。

[112] 戈耳戈（Gorgo）是一个妖怪，为珀耳修斯（Perseus）所杀。谁看见了她的头，谁就会化作石头。拉马科斯的盾牌上绘得有戈耳戈头。

[113] 拉马科斯取下来的本是一片很大的羽毛，他却傲慢地把它说成绒毛，因此狄开俄波利斯问他什么鸟的绒毛会有这样大。

[114] “鹁鸪”指愚蠢的人，此处指拉马科斯的党羽。

[115] 提萨墨诺－淮尼波斯（Tisamenophainippos）是由提萨墨诺斯（Tisamenos）和淮尼波斯（Phainippos）两个人名合成的。帕努癸帕喀得斯（Panurgipparchides）意即“希帕喀得斯（Hipparchides）坏蛋”。这儿所说的卡瑞斯（Chares）也许是纪元前4世纪那位同名的将军的祖父。革瑞托－忒俄多洛斯（Geretotheodoros）是由革瑞斯（Geres）和忒

俄多洛斯（Theodoros）两个人名合成的。狄俄墨阿拉宗（Diomeialazon）意即“狄俄墨亚（Diomeia）乡的吹牛皮的人”。卡俄尼亚（Chaonia）在希腊西北部。卡马里那（Camarina）和革拉（Gela）都在西西里南岸。“卡塔－革拉”（Catagela）也许应作“卡塔那”（Catana，卡塔那在西西里东岸）。观众正想听“那”字，但狄开俄波利斯却再说出“革拉”。“卡塔革拉”和希腊文“愚弄”一词的字音很相似。

［116］ 马里拉得斯（Marilades）意即“炭灰之子”。

［117］ 德剌库罗斯（Dracyllos）这名字大概和“木炭”没有什么关系。据说欧福里得斯（Euphorides）这名字的意义是“善于背木炭的人”。普里尼得斯（Prinides）这名字的意义是“橡树之子”。

［118］ 科绪拉（Coisyra）是墨伽克勒斯（Megacles）的母亲。墨伽克勒斯这一族人是贵族大家。这儿所说的“科绪拉的儿子”泛指一般贵族子弟。“救济捐”是友谊社的一种捐款，作为救济贫苦社员之用，每月交付；到期不付是一件很不名誉的事情。

［119］ 伯罗奔尼撒人即希腊半岛上的人，包括斯巴达人在内。

［120］ “插曲”的原意是“上前”，指人物退场后歌队上前来和观众直接谈话。

［121］ “人民”指观众和歌队。狄开俄波利斯的演说只说服了乙半队，但他同拉马科斯的一场争辩却把甲半队也说服了。

［122］“诗人”原作“歌队导演人”。那早期的戏剧诗人除了亲自导演歌队和演员而外，还得亲自担任主角。阿里斯托芬的第一部喜剧《宴会》是公元前427年演出的。

［123］“外邦人”大概特指戈耳癸阿斯（Gorgias），他是勒翁提翁（Leontion）的使节，于公元前427年来求雅典人帮助他的城邦对抗绪剌枯赛（Syracousai）。

［124］“头戴紫云冠的”是忒拜诗人品达（Pindaros）赠给雅典城的特别形容词，因为雅典的落霞很美丽。雅典人因此特别爱紫罗兰花。忒拜人当日为雅典所败，因而迁怒于自己的诗人，罚了他一笔钱；雅典人却加倍补偿了诗人，还为他在雅典城立了一座石像。

［125］“油亮亮的”含有“光荣的”和“多油的”二义，因为阿提刻出产橄榄油，故云“多油的”。

［126］意即雅典城在压迫那些盟邦。这句话刺得观众心痛，再说下去是很危险的，因此诗人便往后退，讲些笑话。

［127］埃癸那（Aigina）在雅典南方。这海岛于公元前455年左右为雅典占据，沦为属地。斯巴达人曾经在战争爆发前要求雅典人退出这海岛，雅典人反而把岛上的人完全赶走，把土地分配给自己的移民。阿里斯托芬可能在那时候分得一块那岛上的土地，一说他和埃癸那人有血统关系。

[128] 一口气念完。这六行诗是很著名的，并且经过改编，成为希腊和罗马时代很流行的歌词。

[129] 希腊水手很害怕那滑溜溜的海水，因此他们出海前要向海神祈祷，给他取个好听的名字，叫作“从不滑倒的海神”。

[130] 指法庭里的石坛。或解作“石级讲台”，指公民大会会场里的讲台。

[131] 提托诺斯（Tithonos）为晨光女神所恋，她曾经替他向天神求得长生，但没有料到他会变老，老而不能死。此处泛指一个极老的人。

[132] 滴漏壶是法庭里计时之器。

[133] 马西阿斯（Marpsias）可能反对过救济那些穷苦的老战士。

[134] 这儿所说的修昔底德（Thucydides，又译作“图库狄得斯”）是一位政治家（并不是那位写内战史的历史家），他反对伯里克理斯，于公元前444年被逐出境。那次控告他的是两个年轻人，其中一个是刻菲索得摩斯（Cephisodemos），另一个是欧阿特罗斯（Euathlos）。他们两人竭力攻击那老头子，使他一句话也回答不出来。刻菲索得摩斯身上有斯库提亚血液，因此这里有“斯库提亚蛮荒野地”的比喻说法。斯库提亚在黑海东北方。

[135] 因为刻菲索得摩斯身上有斯库提亚血液，所以歌队长把他

当作一个“弓手”。

［136］ 以角力为喻。欧阿特罗斯这名字含有“优秀的比赛者”之意。

［137］ “克勒尼阿斯（Cleinias）的儿郎”指阿尔喀比阿得斯（Alcibiades），他是一个很美貌的浮华少年，后来继克勒翁成为主战派的头儿。

［138］ 剧景换成了市场。

［139］ 勒普洛斯（Lepros）是雅典郊外的皮革市场。

［140］ “翻细事”谐“法息斯”（Phasis），那河流在黑海东岸。那河名的字音和希腊文“告密”的字音很相似。

［141］ 和约要刻在碑上或柱子上。

［142］ 指宙斯。

［143］ “买卖神”原作“赫耳墨斯”（Hermes），他是神使，并且是保护商务的神。

［144］ 这并不是口袋，而是假猪皮。

［145］“地母祭”指厄琉西斯敬奉得墨忒耳的宗教典礼，那典礼是很秘密的。入教时要献杀小奶猪。

［146］ 墨伽拉采用的是寡头政体，一切政令由这些议事官一手包办。

［147］ 盐本是墨伽拉人的出口货，他们的晒盐场在尼赛亚（Nisaia），

那儿的海角于一年半以前被雅典人占据了，因此他们无法晒盐来卖。

［148］ 雅典的全部步兵和骑兵年年要攻打两次墨伽拉，把他们的庄稼毁掉，一直毁到城边。

［149］ 由于“小猪”一词在希腊文里的双关意义，以下一大段笑话都是饮食男女双关。

［150］ 狄俄克勒斯（Diocles）是一个雅典人，他为一个墨伽拉少年作战而死，因此墨伽拉人年年在他的坟前举行一种亲嘴比赛，把奖品赠给一个最会亲嘴的少年。

［151］ 一只发育不全的猪不能作献祭之用。

［152］ 因为爱神阿佛洛狄忒（Aphrodite）心爱的美少年阿多尼斯（Adonis）是被野猪刺死的。但是有一些希腊人还是用猪来祭爱神。

［153］ 菲巴利斯（Phibalis）是墨伽拉境内靠阿提刻边界的低洼池，以产无花果著名。

［154］“大嚼国”原作“特剌伽赛”（Tragasai），为特洛亚境内的小城。这城名的字音与希腊文“吃”的字音很相似。

［155］ 这只合唱歌不分“曲”。这四节歌的节奏和拍子是彼此相同的。

［156］ 克忒西阿斯（Ctesias）是一个臭名昭彰的告密人。

［157］ 普瑞庇斯（Prepis）是一个告密人。许珀玻罗斯（Hyperbolos）

是一个政治煽动家，曾经做过雅典的将军。

[158] 这儿所说的克剌提诺斯（Cratinos）并不是那位年高的、著名的喜剧诗人，而是一个年轻的坏蛋，一个告密人。据说那家伙总是把他额上的一束头发挽成一个结子，把那旁边的头发剃光。奸夫被捉住时，头发要被剃得光光的。当日有两个人都叫作阿耳忒蒙（Atremon），其中有一个是帮助伯里克理斯攻城的工程师，他是一个跛子，躺在舁床上工作。这儿所指的是另一个阿耳忒蒙，他是一个坏蛋。“羊城”原文作“特剌伽宴”，这城名的字音与希腊文“羊”的字音很近似。

[159] 泡宋（Pauson）和吕西斯特剌托斯（Lysistratos）是两个告密人。泡宋是一个画动物和漫画的画家。据说他在地母祭里很喜欢绝食，因为他本来没有饭吃；吕西斯特剌托斯却想赛过那人，他要在那些只有三十天的月份里继续绝食三十天以上。科拉革斯（Cholargeis）是一个乡区的名字。

[160] 这是背东西背痛的。赫剌克勒斯生长在忒拜城，他是玻俄提亚人的英雄。

[161] 他们吹的是“风笛”，那与笛子相连接的气囊是狗皮做的。忒拜是玻俄提亚境内最重要的城邦。

[162] 伊俄拉俄斯（Iolaos）是赫剌克勒斯的侄儿和友伴。玻俄提亚人本想说“脚的”，但临时改口说出了“翅膀的”。中世纪的注释

家把这字解作“蝗虫”。

[163] “花薄荷”是薄荷属的植物。“水葫芦”是一种水鸟的江南俗名。

[164] 科帕伊斯（Copais）是玻俄提亚境内的大湖，湖里的鳝鱼到近代还是很名贵的。

[165] 戏拟埃斯库罗斯的戏词。那原诗的意义是：“你这位五十个涅柔斯（Nereus）的女儿之长”。

[166] 歌队如果比赛成功，歌队司理要设宴款待歌队。歌队里的人员自然想在那宴会里吃鳝鱼美味。摩律科斯（Morychos）是一个美食家。

[167] 戏拟欧里庇得斯的《阿尔刻提斯》里面的戏词。那原诗的意思是：“就是死后，我也不至于和你分离，和我唯一的忠贞的妻子分离”。那剧中的男主人公阿德墨托斯（Admetos）命中注定要早死，他的妻子阿尔刻提斯便替他而死。阿德墨托斯这样和他的妻子道别。

[168] 法勒戎（Phaleròn）是雅典的海湾。

[169] 指安菲翁（Amphion）和仄托斯（Zethos），他们俩是宙斯与安提俄珀（Antiope）之子，忒拜城的建造人。安菲翁弹弄七弦琴，那些石头听了琴音便自动滚来筑城墙。

[170] 这大概是一句常用的演说词。

［171］“水沟”指从雅典城内通往海边的水沟。或解作“下水道”。

［172］“大酒钟”原作“枯斯”（chous），为容量名称，合四分之三加仑。“大酒钟节”是花月（Athesterion，相当于公历二三月）里举行的节日。在那个节日里许多雅典人都要自备饮食去赛饮。

［173］“酒令歌”原作“哈摩狄俄斯（Harmodios）歌”，那是赞美那刺杀僭君希帕科斯（Hipparchos）的哈摩狄俄斯的歌。古希腊人躺在榻上饮酒。

［174］“友爱的杯子”是一只表示友爱的酒杯，大家轮流接着这酒杯来喝，以保证和睦与友谊。现代的希腊人还保持着这习惯。

［175］“秀丽之神”原作“卡里忒斯”（Charites），她们代表温柔、秀丽、快乐、光采等。据说本剧在古代演出时，背景里有一个美丽的女子出现。

［176］“小爱神”原作“厄洛斯”（Eros）。他是阿佛洛狄忒的儿子，为一美少年或小孩，以箭射人，使生爱情。宙克西斯（Zeuxis）的画挂在雅典的阿佛洛狄忒庙里。

［177］“爬山葡萄藤”原作“家葡萄藤”，是一种能爬得很高的葡萄藤，要为它搭架子或格子篱。上面所说的“小葡萄藤”是一种矮葡萄藤，只须用木桩支持即可。

［178］古希腊人沐浴后要涂抹橄榄油润皮肤。新月于黄昏出现时

正是古代社会举行各种宗教仪式的时候。

[179] 传说那杀母的俄瑞斯忒斯来到雅典，大家不愿和他共一只酒杯喝酒，雅典的国王便下令各饮各的酒杯，谁先饮完，谁就得到一皮囊酒。克忒西丰（Ctesiphon）是一个大胖子，因此这是一大皮囊的酒。

[180] 观众以为他会说“五滴”。

[181] 费勒（Phyle）是靠近玻俄提亚的关口。

[182] 白衣服是节日里穿的吉服。

[183] 直到19世纪初年希腊医生的年薪还是由政府供给的。

[184] 庇塔罗斯（Pittalos）是一个名医生。

[185] 这伴郎是男方的陪伴新郎并司理婚事的人。

[186] 这伴娘是由女方到男方去陪伴新娘并司理婚事的人。

[187] 拉马科斯着便装上，他好像是从厨房里出来的，身上有一些脏东西，因为他也在准备吃食，要去参加“大酒钟节”。

[188]“大酒钵节”是“大酒钟节”次日庆祝的狂饮节，但中世纪的注释家却以为这两个狂饮节是在同一天里庆祝的。

[189] 革律翁（Geryon）是西方岛国的神话时代的国王，他有三头三身、六手六脚，狄开俄波利斯再给他加上四只翅膀。中世纪的注释家以为狄开俄波利斯说这话时手里抓着一只蝗虫，因为他没有鸟吃，只吃蝗虫。

[190] 那著名的酒令歌的头一句是:“哈摩狄俄斯，最亲爱的!!!”诗人把原字的格位加以变动，就把这话弄成了一句笑话。

[191] 意即把平台推进去，把墙壁转回去，使屋子还原。原来屋子的墙壁有一边是打开的，这道墙壁正相当于现代剧的布幕。

[192] 倒在盾牌上把它擦亮。

[193] 拉马科斯是历史上的真实人物，他是克塞诺法涅斯（Xenophanes）的儿子。

[194] 安提马科斯（Antimachos）是阿里斯托芬的第一部喜剧《宴会》的歌队司理，他说话时口沫飞溅。《宴会》夺得了次奖，但是安提马科斯并没有邀请阿里斯托芬参加庆祝宴会。那剧原是借卡利斯特剌托斯（Callistratos）的名义演出的，那歌队司理很可能只邀请了卡利斯特剌托斯赴宴。

[195] 俄瑞斯忒斯是阿伽门农（Agamemnon）的儿子，他的父亲为他的母亲所杀，他因此报父仇杀了母亲，但杀后他良心上过不去，因而发疯。此处泛指假装疯狂的拦路贼。

[196] 指太阳。

[197] 那些逃兵原是他自己的兵士，他们看见他们的军官跌倒了，便纷纷溃散。十一年后拉马科斯在西西里战死。

[198] “评判员”表面上指大酒钟节的评判员，暗中指喜剧比赛

的评判员。君主长官主持大酒钟节比赛和戏剧比赛，他这时候正坐在剧场里的前排座位上。这两种比赛的奖赏都是由这位君主长官发给的。狄开俄波利斯说这话时，有人递给他一皮囊酒。

［199］ 这是从阿喀罗科斯所作的歌颂赫剌克勒斯的歌里引来的。这实际上是诗人在预祝本剧的胜利。

附录　1954年版《阿里斯托芬喜剧集》材料

译者序[1]

阿里斯托芬是古希腊最勇敢的和平战士，最伟大的现实主义诗人。他在四十年创作生活中，不断为雅典城邦和人民的利益而奋斗。他反对希腊民族的同室操戈，提倡泛希腊爱国主义；反对雅典对待盟邦的高压手段，主张温和的民主政策；反对政治煽动家愚弄人民，主张恢复雅典全盛时代的民主精神；他批判当日城市的腐败风俗、奢侈生活，歌颂辛勤的劳动人民和简朴的农村生活；他批判诡辩派的浮华教育，主张恢复马拉松时代的健全训练；他批判文坛上不重视教育意义的倾向，捍卫悲剧的崇高传统。此外，他还批判当日社会根深蒂固的轻视妇女的思想，提出严重的财产不平等问题。总之，他始终没有离开人民立场，没有脱离现实，他通过批判的现实主义的手法，为当日的和平、民主而斗争。阿里斯托芬之所以永垂不朽，在于他不屈不挠的战斗精神。他光辉地尽了他的历史使命，而他的战斗精神则永远留给后世以鼓舞。

诗人的生平及其时代

诗人生于伯罗奔尼撒战争期间、雅典城邦日渐衰落的时代，他的历史使命就在于当此战乱和衰落时期，为人民的利益，为希腊民族的利益而反对内战，反对不良的政治和社会现象。诗人的光辉使命是永垂不朽的，可是关于诗人的生平，我们差不多一无所知。所有关于诗人的传说多半是猜测之辞，不甚可靠。至于比较可靠的事实就只能够根据他的作品的内证来推断。阿里斯托芬在《云》的修改本里（第530—531行）说，他的第一部喜剧《宴会》演出时（公元前427年），他还是一个“处女”，不能够抚育这个“婴儿”，因此把她抛弃了，叫旁人去捡来抚养。中世纪的注释家就根据这点说，那时候诗人还很年轻。据《苏联大百科全书》所载，诗人约生于公元前446年。

据说诗人籍属库达忒奈翁（Cydathenaion）区（在雅典城内），族名潘狄俄尼斯（Pandionis）。相传克勒翁曾经控告他是外邦人，不应享受雅典的公民权，这传说并不可靠。诗人曾经在《阿卡奈人》里（第652—653行）说，斯巴达人提出了和平建议，要求雅典人割让埃癸那，“他们并不是在乎那个海岛，无非要夺去这个诗人”。但是，我们不能根据这一时的戏语来断定他是埃癸那人，来证明上面的传说。诗人的意思也许仅只是暗指他本人分得过一块那岛上的土地罢了。[2]

诗人的父亲名菲利波斯（Philippos），母亲名仄诺多拉（Zenodora）。他有三个儿子，他们名字叫菲利波斯（与祖父同名）、阿剌洛斯（Araros）、尼科斯剌托斯（Nicostratos）（或菲勒泰洛斯 Philetairos）。据说诗人最后两部喜剧，《科卡罗斯》（*Cocalos*）和《埃俄罗西孔》（*Aiolosicon*）（均已失传），是替阿剌洛斯写的，因为他想使他的儿子在喜剧上成名。他这三个儿子后来都成为中期喜剧的作家。[3]

诗人少年时代大概是生活在农村里，后来才移居于雅典。他的剧作都显出他对农事的熟悉、对劳动的热爱、对大自然的敏感、对民间语言的熟练，可见农村生活曾留给他深刻的印象，成为他创作上的人民性的根源。然而，在雅典，他无疑受过很好的教养，他对希腊文学与艺术就十分熟悉，那时正是雅典的全盛时代，即所谓“伯里克理斯时代”（公元前444—前429年）。年轻的诗人就这样养成了对雅典民主精神的爱好，这种民主精神处处见于他的创作之中。

上文所提及的诗人的第一部喜剧《宴会》（仅存残诗）于公元前427年2月底的“勒奈亚”酒神节演出，剧中写旧派教育和新派教育的冲突。次年（公元前426年）诗人上演他的第二部喜剧《巴比伦人》（仅存残诗）。那次正逢“酒神大节”，有许多外邦使节到雅典来观剧，诗人便借这机会来揭露雅典人对待盟邦的高压手段。他在剧中讥笑雅典盟邦及其使节的轻信和天真，他们受到雅典的权势人物和政治煽动家的欺骗。诗人针对着许多权势人物予以抨击，克勒翁也在内。这位当权人很生气，他控告诗人侮辱雅典公民和议员。诗人无疑受过审判，[4]但是，由于雅典的民主制度容许某种程度的言论自由，事情似乎并没有闹得很严重。诗人也许受过一点轻微的惩罚，此后他依然能够参加戏剧竞赛，而且他以后对克勒翁的攻击越来越猛烈。

据说他写过四十四部剧本，其中有四部，是否是他的作品，在古代就发生了疑问。他的创作大部分已经散失，到如今只剩下十一部完整的罢了。

阿里斯托芬始终是苏格拉底和柏拉图的朋友。柏拉图在他的对话《会饮篇》（这篇对话里的时间是在阿里斯托芬的《云》演出几年之后）里，提起阿里斯托芬讲过这样一个故事：那最初的人有两副脸，四手四足，后来被分为两半，成为一男一女，再由爱情使男女互相追求，结合为一。这种奇异的幻想和谈笑的风趣都是诗人所特有的。柏拉图很喜欢这位喜剧诗人，他并不因为《云》间接害死了苏格拉底而怨恨他。诗人约死于公元前385年，柏拉图曾经替他写过一首墓志铭：

> 秀丽之神想要寻找一所不朽的宫殿，[5]
> 毕竟在阿里斯托芬的灵府里找到了。

今日所知的关于诗人生平事迹的资料，既贫乏，又不很可靠。好在最重要的并不是诗人的生平事迹，而是时代所给他的影响和提供给他的问题。

自从公元前480年雅典海军击败波斯侵略以后，雅典城邦便一跃而为头等强国，它建立海上霸权，极力发展工商业，城市便日渐繁荣。但是，一方面由于城市对农村的剥削（以高利贷及土地抵押方式出现），他方面由于海外粮食的大量输入，阿提刻农村经济便日渐衰落。这是城市与农村的经济矛盾。

公元前5世纪后半期，雅典的社会阶级起了急剧的变化。一方面由于奴隶劳动的广泛使用、战时的投机事业、货币经济的发展等等，城市里出现了新兴的富豪（主要是作坊东主、商人及高利贷者）；他方面，由于艺工被奴隶劳动所排斥，农民因战争而流落城市，城市贫民人数激增，而且日益贫困化，这就造成贫民与富豪的矛盾。

就对外政策来说，自从得罗斯同盟成立以来（公元前478年），同盟的领导权就落在雅典人手上。雅典以上邦自居，不但向盟邦榨取经济的利益，而且干涉盟邦的内政。这种经济和政治的压力以及雅典态度的骄横不免引起盟邦的不满，这种不满逐渐酝酿成为公开的叛变，如像纳克索斯（Naxos）和塔索斯（Thasos）的叛变，这两起叛变都被雅典残酷地镇压下去了。往后，雅典压迫盟邦更甚，盟邦的地位就俨然如同附庸国。这是雅典和它的同盟国之间的矛盾。

雅典海上势力的强大，特别侵害到以斯巴达为首的伯罗奔尼撒同盟的经济利益，它不但霸占了爱琴海和黑海上的商业，还想垄断西西里与南意大利的交通，给伯罗奔尼撒同盟以莫大的威胁；而斯巴达则时常企图瓦解以雅典为首的得罗斯同盟。这是雅典集团与斯巴达集团之间的矛盾。

在国内政治方面，自从伯里克理斯死后，民主党化分为两派，其中一派以地主为主，倾向于寡头政体，由尼喀阿斯领导；另一派以工商界富人为主，实行急进民主政策，由克勒翁领导。寡头党力图推翻当权的急进民主党，急进民主党则竭力压迫寡头党。这是国内党派之间的矛盾。

在社会情况方面，当日诡辩学说风行，否定传统的信仰和道德，提倡个人主义和怀疑主义，以雄辩代替事实，以理论代替实践，引起教育和文坛上的不良倾向，而往日雅典全盛时代的旧传统却还具有相当势力，一般人民对于诡辩派的学说是不满的。这是社会思想方面的矛盾。

雅典男权社会的传统是轻视妇女的，但是在战时妇女却是家庭手工业的主要生产者（瓶画上描写妇女生产的情景可以作证），诡辩派的兴起和影响使得妇女觉悟起来，思想和情感得到解放，从此妇女就开始挣扎，反抗（欧里庇得斯悲剧所描写的妇女心理可以作证）。这是男权与女权之间的矛盾。

无疑的，在古代奴隶制度之下，社会的基本矛盾是奴隶主与奴隶之间的阶级矛盾，在这基本矛盾之上，在历史发展的各阶段中，雅典社会内部的各种矛盾是时常浮现的。在伯罗奔尼撒战争期间，农民要求息战还乡，而当局则竭力主战，这一矛盾表现在阿里斯托芬的《阿卡奈人》、《和平》、《吕西斯特剌忒》（*Lysistrate*）三剧中。《骑士》和《马蜂》揭露政治煽动家对人民的欺骗，《云》和《鸟》表现农民对城市生活及其文化的厌恶，至于反文坛新倾向则表现在《地母节妇女》（*Thesmophoriazuzai*）和《蛙》两剧中。战后的主要矛盾是贫民与富豪的对抗，这表现在《公民大会妇女[6]》和《财神》两剧中。

诗人对于这一连串的矛盾究竟采取什么立场、观点和态度呢？诗人始终站在人民的立场上，早年他维护自耕农的利益；晚年他维护城市贫民的利益。在战时他主要反对内战，反对政治煽动家；在战后，他主要反对财产不平等，反对富人阶级。他竭力维护雅典民主盛世的旧传统（无论在文化教育方面或是文坛倾向方面），因而他反对诡辩派的浮华教育，反对悲剧的不重视道德意义。阿里斯托芬的态度是严肃的，虽然他是个喜剧作家，用诙谐的口吻来批判现实。

《阿卡奈人》

《阿卡奈人》于公元前425年演出。这剧的中心思想是主张和平，反对内战。

内战是怎样发生的呢？一方面是由于经济的矛盾。上文已经说过雅典海上势力的强大特别侵害到伯罗奔尼撒同盟的经济利益。斯巴达的盟邦埃癸那同雅典争夺海外市场，竟于公元前456年被雅典攻陷。科林斯和墨伽拉也在同雅典争夺南意大利和西西里的市场，彼此间的经济矛盾十分尖锐。另一方面是由于政治的矛盾。斯巴达时常想要破坏雅典的民主制度，瓦解得罗斯同盟，伯罗奔尼撒同盟的诸盟邦庇护雅典的政治流亡人，而雅典则成为斯巴达的敌对分子的居留地，这就使得这两个集团的关系日益恶化。上述两种矛盾都是战争的主要原因。

雅典曾经和斯巴达集团于公元前445年缔结三十年和平

协定，但是到了公元前 435 年以后的几年间，科林斯和它的殖民地起了纠纷，雅典两次出面干涉，斯巴达集团便认为雅典破坏了和平协定，这是战争的主要导火线。科林斯同雅典冲突，曾经得到墨伽拉的支持，雅典便借口墨伽拉人垦拓了雅典的圣林，于公元前 432 年颁布禁令，不许墨伽拉船只进入雅典和得罗斯同盟诸盟邦的各商港。[7] 这是战争的另一导火线。

战争于公元前 431 年爆发。斯巴达国王阿喀达摩斯首先率重甲兵进袭阿提刻，驻军于阿卡奈。他竭力破坏这乡区，以为这样可以刺激阿卡奈人，使他们怂恿雅典人出城决战，但是伯里克理斯坚守不出，只令海军进袭伯罗奔尼撒沿岸，把整个半岛包围起来。同年秋，斯巴达兵退，次年再度侵袭阿提刻，蹂躏农村更为惨烈。雅典城内因为人口拥挤，街市不洁，于公元前 430 年发生大瘟疫，同时粮食缺乏，开始饥荒。公元前 428 年发生密提勒涅（Mytilene）城的叛变。这时候雅典的当权人是皮革商克勒翁。叛变平定后，克勒翁竭力主张严惩密提勒涅人，怂恿雅典公民大会通过决议，把密提勒涅人，不论贵族党人或者民主党人，一律处死。次日大会重开，另做决定，只处死首要人物一千人。雅典的严厉政策于此可见。诗人在《阿卡奈人》第642行里指点出那些盟邦的人民是怎样受雅典的“民主”统治的，他的意思就是暗责这种上邦政策。

以上是内战的起因和战争初期的情况。

《阿卡奈人》的“开场”写一个主张与斯巴达人议和的农人狄开俄波利斯首先进场来等候公民大会开会。大会不让主和的阿菲忒俄斯讲话，竟把他赶走。狄开俄波利斯在气愤之下，便私自派阿菲忒俄斯去同斯巴达人议和。他议下了三十年海陆和约后，便带着他一家人举行乡村酒神节游行。

但是那些阿卡奈人（即剧中的歌队），因为他们的葡萄藤被敌人毁坏了，主张向斯巴达人报复，听说有人媾和，便出来反对，要惩罚狄开俄波利斯。狄开俄波利斯只得冒着生命危险去说服他们。于是他在讲话之前先向欧里庇得斯借来了一套破衣服穿在身上，以便取得那些阿卡奈人的同情。狄开俄波利斯在“对驳”场里对阿卡奈人说，他也恨斯巴达人，因为他自己的葡萄藤也被敌人割掉了，可是讲到战争的责任，却不能只怪斯巴达人，雅典当局也难辞其咎。因为，当初原是伯里克理斯为了他的情妇所养着的妓女被墨伽拉人抢走，一怒而封锁墨伽拉的市场，墨伽拉人不得已央求斯巴达人出来转圜设法，请雅典人撤消禁令。斯巴达人斡旋毫无结果，于是战争就爆发了。狄开俄波利斯这话只说服了半队歌队。另一半队便请出当时主战派将领拉马科斯来支持他们。狄开俄波利斯向他们指出拉马科斯是一个只拿官俸而不肯卖命的人，战争只是对于那些主战派的军官才有好处，因此他们也就明白过来，不再反对和议。此后是“插曲”。歌队长这时候直接向观众说起诗人对城邦的贡献和他所起的教育作用。他说他曾经向雅典人指点出雅典对待盟邦的高压手段；他奉劝他们不要听信外邦人的阿谀，不要上他们的当。此后，狄开俄波利斯因为已经独自与斯巴达人订立了和约，便开放和平市场，于是有一个墨伽拉人为饥饿所迫，把他的两个小女儿当猪来卖给狄开俄波利斯。此后进场的是一个玻俄提亚人，他很富有，也带着许多鸟兽来卖给他。后来狄开俄波利斯准备赴“大酒钟节”宴会，拉马科斯却准备去守关口。在“退场”里，狄开俄波利斯赴宴归来，喝得醉醺醺地同两个吹笛女取乐；拉马科斯却自战场上受伤回来，叫苦连天。

《阿卡奈人》的政治作用首先在于扫除民众中的主战心理。当日主战派的人数很占优势，包括全体工商业界和一部分乡下人（如像本剧里的阿卡奈人）在内。工商业界受了政治煽动家的鼓动和挑拨，竭力主战，想藉战争来维护和发展他们的经济力量。至于一部分乡下人则是因为受到战争的损失，竭力主张向斯巴达人报复。诗人用阿卡奈人来代表主战派是有历史事实作为根据的。阿卡奈人自来就英勇好战，[8]他们的乡区于内战爆发时竟出动了三千名重甲兵，这是一个颇不小的数字。他们看见敌人驻在他们的家乡，看见家园被毁，葡萄藤被拔掉，他们更痛恨斯巴达人，很想出城一战。[9]诗人借狄开俄波利斯的口来说明战争的责任不能完全推到斯巴达人身上，雅典当局也难辞其咎（第三场）。那些代表主战派的阿卡奈人一旦明白了，他们的心理立刻就完全改变了。诗人就这样扫除主战的心理。

本剧的第二个政治作用是指出希腊民族的同室操戈是非正义的战争。内战期中以墨伽拉人所受的祸害最为惨重。战争的第一年伯里克理斯就亲自统率一万三千重甲兵、一百只战舰进攻墨伽拉，尽毁了墨伽拉人的农作物，使得他们无以为生。雅典人还通过一条法案，规定对墨伽拉永不讲和，并且要杀掉阿提刻境内所有的墨伽拉人。雅典的将军于就职的时候要发誓每年攻打墨伽拉两次。雅典人攻打墨伽拉另有作用。他们在军事上处处失利，想重振军威，又不敢北上犯玻俄提亚，只好拿这弱小可欺的墨伽拉来出出气。诗人借墨伽拉人卖猪一景（第四场）来表明战争的残酷，这一景表面上很滑稽，骨子里是很凄惨的。至于没有十分受到战争的祸害的玻俄提亚人却还过着富裕的生活。

本剧的第三个政治作用是把和平与战争作为对比，令人知所选择。狄开俄波利斯准备去赴“大酒钟节”宴会和拉马科斯准备去守关口一景（第六场）是和平与战争的鲜明对比，这一景是很著名的。诗人在“第二合唱歌”里描写和平的美丽与战争的凶恶，这也是一个对比。至于狄开俄波利斯庆祝乡村酒神节一景（进场）则给观众以和平的远景。诗人用这种形象化的手法来描写和平与战争，这几个画面是很能打动人心的。

诗人认为伯罗奔尼撒战争是雅典帝国政策所招致的后果，是雅典和斯巴达的内讧，是非正义的战争。这种战争满足了政治煽动家（如像克勒翁之流）的野心，满足了工商界富人的贪欲，满足了好战的将领（如像拉马科斯之流）的虚荣，却给城邦带来莫大的损失，给农民带来莫大的灾难，所以诗人站在农民的立场上坚决加以反对。他主张希腊各城邦互相友好，互相通商，共同准备再对付波斯人的侵略，而不是互派使节去向波斯国王求援乞助，以致中了这真正的敌人的毒计。

诗人在本剧里提出农村的片面媾和，让玩火的人自己烧死。在内战初期，诗人只注意到阿提刻农民所受的痛苦，因此向他们指出战争的责任与和战的利弊。诗人后来在《和平》（公元前421年）一剧里号召全体希腊人起来拯救和平。那时候诗人进而注意到全希腊人民所受的痛苦和他们的和平愿望，因此向他们提出共同拯救全希腊的口号。诗人的和平思想推广了。往后，诗人更在《吕西斯特剌忒》（公元前411年）一剧里呼吁泛希腊的和平与团结。那时候，诗人看出为了争取和平，不但要动员男子，还须动员妇女；不但要大声疾呼，还须采取实际行动，发动政变来中止战争。诗人的和平思想完全成熟了。

然而诗人并不是无原则的反对战争，他反对的是希腊各城邦的自相残杀，对于马拉松时代抗击波斯侵略的卫国战争他却称赞不止。他在本剧里就赞美过阿卡奈人是“老英雄”，“在海上拼得了多少次胜利”，“在马拉松追赶过敌人”。[10]

《阿卡奈人》除了反对战争而外，还涉及一点文艺批评。诗人在剧中讽刺欧里庇得斯把他的角色穿上破烂衣服来引起观众的怜悯（第二场）。本来，欧里庇得斯的办法可以使悲剧更接近现实，但是，在阿里斯托芬看来，借道具来帮助戏剧效果正表示作者的低能。阿里斯托芬后来在《地母节妇女》（公元前 411 年）一剧里责备欧里庇得斯描写妇女的病态心理，表现妇女的激情冲动，以致引起社会对妇女的轻视。他更在《蛙》（公元前 405 年）一剧里责备欧里庇得斯创造出一些油腔滑调的、不健康、不道德的人物。总的说来，诗人所重视的并不是文学的技巧，而是作品的思想性和教育意义。

就《阿卡奈人》的艺术性来说，首先，剧中的情节很是荒诞，但是反战的主题则是很现实的。剧中的私人媾和、个人市场、酒代和约、人当猪卖以及把告密人作陶器运走都是些大笑话。至于对主要将领（拉马科斯）的侮辱、地点的几经变换（由公民大会会场换成三个住家地点，还换成乡村酒神节游行的地点）以及阿菲忒俄斯在只够念四十多行诗的时间内赴斯巴达媾和，往返七八百里路，也近于荒诞。但是这种夸张处理和对地点与时间统一律的破坏是喜剧的传统所容许的。

本剧的结构，前半紧凑，后半松弛。“插曲”以前的各景是剧情的自然发展，各景之间尚能彼此衔接（只是有关欧里庇得斯的“第二场”算是一个穿插），歌队的动作也和剧情的发展连接在一起。至于“插曲”以后的几场则只不过表明和议的后果，它们彼此之间没有什么联系，歌队这时候差不多变成了旁观者。

剧中的动作是多样的，变化很快（诗人后来在《公民大会妇女》第582行里说过，喜剧的动作进行要快），个别的场面十分动人，例如对欧里庇得斯的嘲笑一景（第二场）、墨伽拉人卖女一景（第四场）和拉马科斯准备出发一景（第六场）都是有声有色的。

希腊“旧喜剧”没有多少性格描写，但本剧却写出了典型环境中的典型人物（爱好和平的农民和主战的将领）。狄开俄波利斯是老实的农民的典型，他头脑清醒，有胆量，有机智，说话俏皮，善于驳倒对方，令人信服。这是诗人最喜爱的人物，他甚至借他的口来叙述他自己怎样受过克勒翁的迫害。[11]至于拉马科斯则和狄开俄波利斯相反，他头脑糊涂，虚荣心大，喜欢夸口，外强中干。在这个人物身上，我们可以看出当日主战派的典型人物。

本剧的内容很丰富，牵涉很广。诗人对于他所痛恨的一切，如像主战派的冥顽、雅典对待盟邦的残酷、外交政策的愚蠢、政治煽动家的欺骗、城市生活的堕落、好讼风气、诡辩学说、告密敲诈以及文坛上的不良倾向，都一一加以无情的讽刺；对于他所喜爱的一切，如像马拉松时代的卫国精神、邦际间的友善、诚实勤劳的农人以及乡村生活与自然风景的优美，则加以热烈的赞颂。这无异是诗人替他未来的创作写出了一个总的提纲。

《阿卡奈人》虽不是诗人的杰作，但无疑是一个成功的作品。这位才二十岁左右的青年诗人在内战初期就勇敢的担负起为和平而奋斗的历史使命。从古到今，很少有人敢于像他这样当着为数甚多的反对派大声疾呼，发表自己的政治见解。他在这次的喜剧竞赛里竟夺得了头奖，可见他的政治宣传并没有引起反感，而他的艺术力量则已经收到了很大的效果。

注　释

[1] 此篇序分作七部分，现将前两部分附在《阿卡奈人》后，其余部分各自附在与之相关的剧作后。结论部分附在《财神》后。不再做说明。——编者注

[2] 参看《阿卡奈人》注 [127]。

[3] 希腊喜剧的历史分“旧喜剧”“中喜剧”和“新喜剧”三个时期。“旧喜剧”时期从公元前488年喜剧正式被介绍到雅典的时候起直到公元前5世纪末。“中喜剧”时期从公元前4世纪初直到公元前4世纪末叶（420年左右）。“新喜剧”时期从公元前4世纪末叶直到公元前3世纪中叶。“旧喜剧”是政治讽刺剧。“中喜剧”是过渡期喜剧，谈论哲学、文学和社会问题，由于言论不自由，只能偶尔涉及一点政治。至于“新喜剧”则是世态喜剧，写日常生活、恋爱故事，重人物描写和结构，风格相当雅致。

[4] 参看《阿卡奈人》第377行以下一段。

[5] 参看《阿卡奈人》注[175]。

[6] 即参加公民大会的妇女。

[7] 参看《阿卡奈人》第533—534行。

[8] 见品达的第二首《涅墨亚歌》(*Nemea*)。

[9] 见修昔底德的《历史》第二卷第21节。

[10] 见《阿卡奈人》“插曲”的“后言首段”。

[11] 见《阿卡奈人》第377行以下一段。